Cœur de Framboise à la frantonienne

Du même auteur

- Témoins de lumière - Des aventures ordinaires
- Recueil de l'Être

Suite romanesque : Le livre sacré

- Kumpiy - Le livre sacré - Tome 1 - L'œil et le cobra
- Kumpiy - Le livre sacré - Tome 2 - La confrérie du cobra
- Kumpiy - Le livre sacré - Tome 3 - Tara la guérisseuse

Collection « de l'œil à l'Être »

- « Kung Fu Panda 1» et la puissance du « croire »
- « Kung Fu Panda 2» - La voie de la paix intérieure
- « Equilibrium » – Une vie sans émotions
- « La Belle Verte » - Retrouver sa nature
- « V pour Vendetta » - Vi Veri Veniversum Vivus Vici
- « La jeune fille de l'eau » - Notre vie a un sens
- « Les fils de l'homme » - L'espoir au corps
- « Inception » - Rêve, sommeil et manipulation

Cœur de Framboise à la frantonienne

YGREC

© 2015
Auteur : Ygrec
Production et éditeur : Édition : Books on Demand, 12/14 rond-point des Champs-Elysées, 75008 Paris, France.
Imprimé par Books on Demand GmbH, Norderstedt, Allemagne. »

Troisième édition
Deuxième édition : 2010 chez BOD
ISBN : 9782810617692

« Le Code de la propriété intellectuelle interdit les copies ou reproductions destinées à une utilisation collective. Toute représentation ou reproduction intégrale ou partielle faite par quelque procédé que ce soit, sans le consentement de l'auteur ou de ses ayants cause, est illicite et constitue une contrefaçon, aux termes des articles L.335-2 et suivants du Code de la propriété intellectuelle. »

Avertissement :

Toute ressemblance avec des personnes existantes ou ayant existé ne serait que pur hasard.

Toutefois :

Il n'est pas impossible que chacun de nous se reconnaisse dans les personnages de ces récits, qu'ils soient coupables, victimes, ou encore témoins.

Mais peut-être, n'y a-t-il pas de victimes ni de coupables, mais seulement des responsables ! Peut-être n'y a-t-il pas de témoins, mais seulement des acteurs !

Cœur de Framboise à la frantonienne

*Ne crains point de rester méconnu des hommes,
mais bien plutôt de les méconnaître toi-même.*

Confucius

Cœur de Framboise à la frantonienne

Cher lecteur,

Je te remercie par avance de partager la vie de Framboise avec moi.

Je regrette aussi de te faire revivre ce que tu vois, tu entends, tu constates, ce que tu souffres tous les jours. Il y a tellement de gens qui vivent, aujourd'hui, ce qui est raconté ici.

J'espère pourtant, que, te reconnaissant parfois dans le personnage principal de cette fiction, tu te sentes moins seul, et que tu te dises, comme Framboise, que comprendre est une bonne façon de se libérer.

Si comprendre les autres et leurs motivations, leurs souffrances cachées, leurs phobies, est important, s'analyser l'est tout autant. Crois-moi, ce que nous vivons est le fruit d'un mélange de responsabilités, les nôtres et celles des autres.

Il est parfaitement inutile d'espérer changer quoi que ce soit, tant que nous ne savons pas ce qui se passe en nous. Même si nous ne pouvons pas tout analyser, nous progressons, et notre vie et nos relations s'améliorent.

Il ne s'agit pas de changer, car on ne change pas vraiment. Nous essayons seulement, nous forçons notre nature dans la douleur. Si on tente de se retrouver soi-même, alors tout devient différent. S'adapter, ce n'est pas se conformer.

Tu entendras peut-être que les situations décrites ici ont toujours existé et existeront toujours. Pourtant, souviens-toi que ne subsistent que celles que nous entretenons.

Ce livre te donnera peut-être quelques pistes de réflexion, mais tu pourras aussi le lire comme on grignote une gourmandise.

Alors, cher lecteur, entends Socrate et …..

« Connais-toi toi-même ».

Ygrec

Prémices de cœur de Framboise.

Framboise était née dans un pays que l'on disait chaud. C'était un pays accueillant, ... enfin .... pour les touristes, ... sur la côte, oui ...seulement sur la côte. Plus loin, à l'intérieur, régnait la sécheresse. Dans les déserts de rocaille, les étés étaient torrides, les hivers glacés.

Il n'y avait pas d'intermédiaire dans ce pays-là, que des extrêmes. Et les extrêmes n'étaient pas que climatiques ! Socialement, il y avait les très riches et les très pauvres, les possédants et ceux qui n'avaient que leur vie, une vie qu'il fallait défendre chèrement. Framboise était encore jeune et ne s'en rendait pas compte.

Son père avait choisi son prénom comme on offre un présent à son enfant. Mais cela n'avait pas toujours été un cadeau. Framboise ! Un bien joli prénom disaient certains ! Un bien curieux prénom pour d'autres.

Elle savait que c'était un petit fruit que l'on trouvait sur les marchés de Frantonie, mais qui ne pousserait jamais dans le jardin pierreux de son père.

La première syllabe de ce prénom sonnait comme celle du doux pays de Frantonie dont son père rêvait. La deuxième syllabe, elle, engendrait des fantasmes de verdure, des pensées d'ombre fraîche, des désirs de sieste sur la mousse tendre des sous-bois, des songes d'arbres tellement grands qu'ils semblaient toucher le ciel.

  Le père de Framboise était poète. En avait-on le droit dans notre monde ?
De ses mots naissaient des images, des senteurs, des légendes, et des vérités qui n'en étaient pas vraiment, mais qui n'étaient pas non plus des mensonges.
Lorsqu'il bêchait laborieusement son jardin, Framboise l'écoutait, assise sur une grosse pierre, les coudes appuyés sur ses genoux, le visage calé dans les paumes de ses mains.

Le soir venu, Framboise et son père bavardaient autour de la vieille lampe posée sur la petite table. La flamme éclairait d'un jaune étrange les mains calleuses, la peau tannée par le soleil et le froid, et le visage de ce père, dont elle devinait alors, dans la semi-obscurité, les yeux noirs et brillants, des yeux qui scintillaient comme les étoiles et où dansait le reflet des aventures de l'explorateur qu'il devenait.
Elle s'envolait alors avec lui dans d'autres cieux, dans d'autres contrées, visitait d'autres pays, survolait toutes les montagnes, bref voyageait dans « l'ailleurs ». Ailleurs était sans doute un pays merveilleux.

  La voie grondeuse de « Mama » la faisait toujours sursauter quand elle lui rappelait qu'il était l'heure d'aller se coucher. Elle se blottissait alors dans les bras protecteurs de sa mère pour l'embrasser avant d'aller dormir et la douce rondeur de ce corps la réchauffait.

« Mama » ne savait ni lire ni écrire et elle écoutait discrètement ce que son mari racontait à sa fille, tout en terminant de ranger la maison.
Elle espérait que Framboise aurait une vie meilleure, qu'elle ne serait pas soumise, qu'elle pourrait être indépendante.

« Mama » savait que ce serait possible, parce que l'homme qu'elle avait épousé n'imposait jamais les lois de la tradition. Il avait beaucoup voyagé, il avait rencontré beaucoup de gens, connu de nombreuses cultures différentes. Il savait écouter les autres, et il excellait aussi dans l'art de raconter des histoires.

« Mama » devinait qu'il faudrait partir un jour et elle avait peur de cet inconnu si vaste, peur de laisser là, tout ce qu'elle connaissait et maîtrisait. Elle craignait de ne pouvoir s'adapter à d'autres lieux, à d'autres coutumes.

Elle n'était pas si enthousiaste que les deux rêveurs qui partageaient sa vie. « Il en faut un qui garde les pieds sur terre » leur disait-elle en remuant la tête et en pinçant la bouche.

Elle savait que le temps du départ approchait, car au danger de famine quotidien, s'ajoutait maintenant, celui des soldats qui menaçaient son mari. Cet homme revendiquait l'égalité, contestait l'oppression, n'hésitait pas à hurler la faim, le désespoir, l'infamie de la mort des plus faibles. Elle aurait voulu qu'il se taise, mais elle comprenait qu'il parle. Elle admirait cette attitude.

Oui, un jour, Framboise et ses parents partiraient dans cet ailleurs, car on ne pouvait plus vivre l' « ici », la pauvreté, et les menaces.

Il faudrait que Framboise aille à l'école, qu'elle fasse des études comme les frantoniens, qu'elle ait une vie moins rude.

C'était du moins, ce qu'espéraient ces parents attentifs.

A ce moment de la vie de Framboise, tous les ingrédients étaient réunis pour faire émerger de ce cœur naissant, une douce pureté, une lâche infamie ou les deux à la fois.

Cœur de Framboise au naturel

Framboise et sa famille arrivèrent un jour dans ce pays et il n'était pas toujours celui des merveilles.

Cet « ailleurs » n'avait pas souvent la couleur de leurs rêves. Pourtant, le souffle de la liberté les accompagnait au milieu de ces nouveaux paysages.

Il y avait le fleuve qui traversait la ville et passait sous un pont que l'on appelait vieux, parce qu'il avait été construit le premier, et sous un autre, le neuf, plus grand, mieux adapté à la circulation d'aujourd'hui, mais dont la rambarde lisse laissait indifférent.
Le vieux pont était construit avec des milliers de vieilles pierres râpeuses qui racontaient le souvenir des passants devenus pressés, des voitures qui avaient changé.
Framboise se penchait pour regarder le grand serpent humide. Elle n'avait jamais vu autant d'eau à la fois.

Il y avait la verdure inconnue, les grands arbres étranges, les douces clairières, les animaux découverts.

Il y avait les habitants hostiles, mais il y avait aussi les gens curieux et accueillants.

Elle avait découvert la langue si riche de Frantonie, dont elle connaissait les mots prononcés par son père, avec des accents roulés et les sons rêches de sa langue maternelle.

Aujourd'hui, tout ceci faisait partie de son quotidien, elle avait grandi dans cet ailleurs qu'elle avait pu, peu à peu définir, cerner, comprendre. Elle s'y sentait chez elle et pourtant, elle ne pouvait oublier qu'elle n'était pas de ce pays. Elle le voyait dans le regard des autres.

Framboise avait les sujets de conversation de tous les frantoniens, parlait avec leur accent, mais sa chevelure brune, sa peau légèrement colorée, ses prunelles noires comme l'ébène rappelaient à chacun, qu'une terre lointaine avait laissé la marque indélébile d'autres origines.

Ces autres ne voyaient pas toujours, qu'au fond d'elle-même, elle se sentait frantonienne. Sa vie au loin n'était plus, et elle ne la regrettait pas. Peut-on regretter quelque chose dont on ne se souvient pas ou très peu.

Son chez elle lui était étranger, et l'étranger ne l'était plus.

Pourtant, elle avait fini par s'apprivoiser elle-même, à travers, et aussi, grâce à ces regards. Car enfin, il n'y avait pas toujours d'hostilité dans les questions posées sur ses origines. Elles n'étaient parfois, que curiosité bienveillante.

Certains lui disaient que les gens qui vous demandaient d'où vous veniez remarquaient vos différences et vous déclassaient. Framboise n'était pas d'accord. Ces personnes existaient bien sûr, mais pourquoi généraliser si facilement.

Pour beaucoup, cette question était seulement une forme d'intérêt qu'ils portaient à votre différence. Pour de nombreuses personnes, la diversité ethnique et culturelle faisait toute la richesse de Frantonie.

Parfois l'hostilité véritable se cachait derrière les propos les plus agréables et les plus ouverts. Certes, on ne vous posait pas de questions sur vos origines, mais on vous avait déjà rangé dans la catégorie des « hors-norme ».

D'ailleurs, elle s'était déjà surprise elle-même, à s'interroger sur les autres, parce qu'ils n'avaient pas la même couleur, parce qu'ils avaient un accent particulier. Elle n'en portait pas un jugement négatif pour autant.

Elle pensait alors aux beaux champs d'herbes folles où poussaient harmonieusement toutes sortes de fleurs sauvages. Les couleurs n'en étaient alors que plus belles.

On vous parlait d'intégration en laissant croire qu'il fallait ignorer vos origines ou celles de vos parents. Pour Framboise, il fallait bien sûr connaître parfaitement sa nouvelle culture, mais pour apprécier ce qu'elle vous apportait, il était important de ne pas oublier le pays qui vous avait vu naître, ou naître vos parents. Il fallait se rappeler de la terre qui avait porté les pas de vos ancêtres. Il fallait s'intéresser à cette culture ancestrale pour mieux apprécier la nouvelle. Il fallait accepter tout cela, comme un plus à offrir et à s'offrir.

Si elle faisait le bilan de son combat intérieur, elle pouvait dire qu'elle n'avait pas réussi son intégration tant qu'elle avait vu les marques de sa naissance comme des cicatrices enlaidissant son apparence. Elle avait commencé à être vraiment acceptée par les autres, quand elle avait reconnu son histoire comme un plus dans sa vie, quand elle s'était acceptée elle-même. Pour Framboise, oublier sa culture d'origine, c'était refuser son adaptation à une nouvelle façon de vivre.

Ah ! Que ce mot de « différence » était mal interprété ! Certains le prenaient au premier sens du terme : « absence de similitude ». C'était une position indifférente. D'autres s'arrêtaient sur la signification : « aspect distinctif ». C'était de la curiosité. Certains autres, une minorité ne voyaient en ce mot que « l'écart quantitatif », c'était mathématique. Hum ! Mais Framboise étant une éternelle optimiste, elle choisissait d'office la quatrième solution : « caractère original par lequel on se distingue des autres ».

Il lui avait pourtant fallu beaucoup de temps pour réaliser ce travail en elle. Le basculement s'était produit bien longtemps après qu'elle ait commencé à travailler.

Après une scolarité sans problème, il avait fallu, « entrer dans la vie active ». Finalement, Framboise n'avait pas fait d'études. En Frantonie, il y avait de grandes écoles, mais encore fallait-il pouvoir financer ses études. La retraite de son père était un peu courte et il fallait lui éviter des privations supplémentaires. Pour les services administratifs, cette retraite était trop longue de quelques centaines de frantonimes, pour obtenir des bourses. Le système était fait ainsi.

Cela paraissait injuste ! Pourtant, cela ne l'était pas vraiment. Elle aurait dû essayer tout de même. Elle ne s'en était pas sentie capable, elle vivait toujours avec un sentiment de dévalorisation. Autour d'elle, les gens pensaient tellement mériter ce qu'ils possédaient, que Framboise se demandait ce qu'elle avait bien pu faire pour ne pas en avoir autant. Et puis, il y avait tous ces gens au chômage avec de beaux diplômes. « À quoi bon ? » se disait-elle.

Elle voulait se persuader que tout ceci était inutile. Elle savait, maintenant, qu'elle avait voulu cacher sa certitude de l'échec derrière un raisonnement cohérent.

Sa véritable faiblesse ne résidait pas dans son incapacité à réussir, mais dans le peu de confiance qu'elle avait en elle.

Framboise travailla donc et pour cela se rendit dans la capitale. Elle s'était mariée, avait eu une fille qu'elle avait élevée comme elle avait pu, d'abord avec son mari, ensuite sans lui.

Elle avait eu les soucis de tout le monde, et peut-être plus encore. Elle avait été gravement malade et s'était battue pour retrouver la santé.

Framboise avait le courage de ces gens qui payaient toujours chèrement le peu qu'ils possédaient. Pourtant, elle aurait sans doute tout abandonné sans la présence de la petite Sandra.

Maintenant la petite Sandra ne l'était plus, et Framboise avait quelques rides et quelques cheveux blancs. Elle avait un peu plus de quarante ans. Elle était encore jeune, mais était devenue trop vieille lorsqu'elle avait perdu son travail.

Framboise s'était inscrite dans une entreprise de travail en intérim. Elle acceptait tout ce qui se présentait.

Si la situation paraissait inconfortable, et elle l'était en vérité, elle lui laissait pourtant une certaine liberté, la liberté de dire non, celle de partir.
Cette liberté, elle la retrouvait aussi dans sa façon de regarder les gens, les choses, les situations. Il lui semblait parfois se trouver là, par hasard, derrière une fenêtre qui lui permettait d'observer ce qui se passait, sans toutefois être empreinte du négatif et du positif ambiant. Elle était à l'intérieur et à l'extérieur à la fois. Elle se disait en riant,

qu'elle devenait en quelque sorte une espionne, une espionne pour son propre compte.

Elle entrait dans un état d'observateur. Cela devenait un jeu où elle dressait un portrait psychologique des gens, sans porter de jugement.

Entrer dans le jugement aurait été une erreur. Juger, c'était comparer l'attitude des autres à la sienne, en pensant bien sûr qu'elle ne pouvait être que la meilleure.

Framboise savait qu'elle n'était la meilleure que pour elle-même. Elle comprenait que les comportements étaient engendrés par le vécu passé et présent, par les peurs ressenties, par une paresse ou une lâcheté bien humaine. Après avoir analysé, elle se demandait toujours ce qu'elle avait à apprendre de sa propre personnalité, de ses actions, de ses états d'âme. Elle en sortait enrichie.

Elle devinait que les autres, leur attitude, même négative, ne se présentait à elle que pour engendrer une réflexion. L'analyse de ces comportements lui permettait de comprendre son propre mode de fonctionnement, il conditionnait une progression.
L'important était d'être consentant, d'accepter de se regarder en face, de reconnaître ses défauts, mais aussi ses qualités, de participer à un changement bénéfique.

Chaque personne lui rappelait quelqu'un qu'elle avait connu ou croisé. Chaque situation avait été déjà vécue. Mais elle était passée dessus sans y faire attention. Depuis son licenciement tout était différent.

Il n'était pas toujours facile de s'adapter. Côté travail, tout allait bien, il lui semblait pouvoir tout faire, rien ne la rebutait. En revanche, se fondre dans un environnement différent chaque fois n'était pas du tout évident.

D'une entreprise à l'autre, le même fait, la même attitude étaient mal ou bien interprétées.
Certains vous respectaient, d'autres faisaient semblant pour pouvoir vous manipuler. D'autres encore ne cachaient pas leur mépris.
Les uns essayaient de vous intéresser, d'autres n'en avaient rien à faire.
Dans bien des cas, vous n'étiez qu'un esclave tout juste bon aux tâches que les autres ne voulaient pas exécuter.
Pour beaucoup, vous n'étiez là que pour leur confort, et pendant que vous travailliez, ils pouvaient enfin donner leurs coups de fil personnels, trier leurs photos de vacances, jouer sur l'ordinateur, tout en épiant la minute où vous auriez terminé, pour vous donner un autre travail.
Dans certaines entreprises, vous changiez trop de postes pour être bonne à quelque chose. Dans d'autres, vous deviez être opérationnelle à la minute même ou vous posiez le pied dans leurs locaux. Rien ne devait vous être inconnu,

tout devait vous être possible dans un temps record évidemment. Vous deviez deviner l'improbable et empêcher l'inéluctable.

Lorsqu'elle remplissait le questionnaire d'appréciation remis par sa société de travail en intérim après chaque mission, à la question : « emploi exercé » Framboise avait parfois envie de répondre, « Merlin l'enchanteur ».

Framboise ne se décourageait pas, car elle travaillait aussi pour des entreprises dont le personnel ne vous demandait que ce qu'il était en droit d'attendre.
Elle côtoyait aussi des personnes qui lui offraient leur considération naturellement, qui étaient gênées de ne lui donner que des tâches rébarbatives et partageaient facilement le classement et le collage des enveloppes.

Il fallait bien avouer que ces personnes étaient rares, mais elles existaient quand même. Ce n'était déjà pas si mal. Combien de temps résisteraient-elles encore au courant dévastateur de l'égocentrisme et de l'indifférence ?

Comme Framboise essayait toujours de rire de toute situation embarrassante, elle se disait qu'il faudrait en empailler une et l'exposer dans un musée.
Les enfants de Frantonie pourraient alors lire sur une petite affiche :

Dernier spécimen de Frantonien dissident, abattu par les forces spéciales en 2050, prônant le comportement dangereux dit du « respect* ».

Avec un peu de curiosité, ces mêmes enfants auraient pu lire la signification de ce mot en remarquant l'astérisque accolé à ce terme.

Respect : mot retiré du dictionnaire par la commission d'épuration, figurant à la page treize du rapport de suppression dans la catégorie : « concepts obsolètes », et exprimant l'attitude découlant d'une considération de l'autre.

Framboise ne pouvait alors s'empêcher de penser qu'avec sa chance légendaire, c'est elle qui finirait dans la vitrine. Elle en avait froid dans le dos.

Cœur de Framboise

« Bonne poire »

Framboise était allongée sur son lit, son téléphone portable à côté d'elle. Complètement détendue, le regard perdu dans ses pensées, elle suivait le mouvement des branches de l'arbre planté devant sa fenêtre. Balloté par le vent fort qui soufflait depuis le matin, il semblait courber l'échine pour ne pas se briser.

Elle attendait l'appel de la société de travail en intérim pour confirmation d'une mission de quinze jours seulement. Le travail serait rébarbatif puisqu'il fallait aider une personne qui avait pris du retard dans son classement. Elle avait cependant accepté, car l'entreprise se trouvait à proximité de chez elle. Cela la changerait des longs trajets.

Quand le téléphone retentit, elle sursauta. Elle s'était assoupie un court instant, mais assez longuement pour rêver qu'elle était un arbre pliant sous la bourrasque.
Parfois, il fallait agir ainsi pour ne pas sombrer, songeait-elle.

Elle commençait le lendemain ! Elle n'aurait pas le temps de se poser de questions. C'était mieux ainsi.

Dès son arrivée, on l'avait présentée à la collègue pour laquelle elle devait travailler. Thérèse lui avait tendu une main molle et fuyante, lui avait expliqué ce qu'on attendait d'elle, et avait repris sa place.
Elle était assise en face de Framboise. Les écrans des deux ordinateurs, placés obliquement et dos à dos, sur chacun des bureaux, laissaient à Framboise une bonne visibilité pour l'observation. Jour après jour, elle découvrait Thérèse.

Thérèse était petite et menue. Il fallait être mince dans ce monde qui ne voulait pas de gros. Il aurait été préférable d'être grande, mais on ne se refait pas. Thérèse se redressait alors, relevait sa tête couronnée d'un carré impeccable, soulevait son menton, avec des allures qu'elle voulait aristocratiques, mais qui ne l'étaient que pour elle. « 1789 ? La France ?…Connaît pas ! » Pensait Framboise.

Un sourire était toujours prêt sur le visage impassible de Thérèse. Dès que son regard en croisait un autre, ce sourire se déclenchait automatiquement. Son attitude rigide et froide pouvait devenir méprisante devant une personne sans importance dans la société, condescendante avec les futurs licenciés qui ne savaient pas encore qu'ils le seraient, affable ou obséquieuse, selon le cas, avec les supérieurs hiérarchiques.

Quand elle parlait à quelqu'un, elle aimait être debout près de la ou du collègue resté assis, de façon à être celle qui baisse les yeux. C'était cette constatation qui avait permis à

Framboise de remarquer qu'elle-même, dans une situation semblable, se penchait vers la personne.

« Décidément » pensait Framboise « il faut vraiment que je progresse »

Thérèse n'avait pas grand-chose à faire, mais peut-être, ne voulait-elle pas faire grand-chose. Pourtant, tous ses mouvements la faisaient paraître très occupée.
Quand elle enregistrait des chèques, c'était religieusement, dans des mouvements lents et étudiés qu'elle ponctuait parfois d'un geste nerveux quand quelqu'un passait. Il fallait paraître dynamique.

Elle fixait l'écran d'un air attentif, en veillant à changer de page de temps en temps. Elle montrait parfois un front soucieux pour simuler la difficulté d'une recherche, recherche qui finissait par être fructueuse bien sûr. Elle pestait ensuite et se plaignait du nombre important de clients incompréhensifs qui ne notaient jamais leurs références au dos de leurs chèques, augmentant ainsi sa charge de travail.
Il était cependant tellement facile de trouver ces mêmes personnes sur la liste alphabétique ! Il arrivait des chèques sans références, au nom de personnes inconnues dans la liste des clients, évidemment, mais c'était l'exception.

Framboise classait les dossiers de Thérèse, celle-ci étant bien trop débordée. Ce travail peu intéressant, mais tout de même indispensable, ne demandait que peu d'attention et lui permettait de suivre sa collègue dans tous ses gestes. Elle essayait de cerner le personnage tout en se demandant ce que cette image lui renvoyait de sa propre personnalité.

Thérèse laissait régulièrement tomber son stylo sur son bureau, en soignant ses mouvements, pour que l'arrivée de l'objet dans un bruit sec laissât supposer l'affairement.
Elle reprenait souvent un des dossiers posés près d'elle, jamais le même évidemment, et l'ouvrait bruyamment. On pouvait suivre ensuite la progression de sa lecture attentive dans le frôlement des pages tournées, ou la difficulté d'une étude studieuse dans les silences entrecoupés de soupirs agacés.
Elle tapait parfois bruyamment et rapidement sur son clavier d'ordinateur avec des gestes nerveux et saccadés, suggérant ainsi le stress mesurable d'une charge importante de travail. Ce qui était affiché à l'écran n'était cependant pas toujours professionnel.

Lorsqu'elle se déplaçait dans le bureau, on entendait claquer ses talons. Elle marchait d'un pas pressé, avec une mine préoccupée, ne semblant voir personne, l'esprit totalement obnubilé par la tâche délaissée.

Parfois, elle s'arrêtait brusquement près d'une collègue, lui demandait de ses nouvelles avec un air supérieur, semblant consentir à lui consacrer un peu de temps.

C'était avec un air aimable qu'elle regrettait la disparition des moments de convivialité. Elle ajoutait ensuite une petite phrase insidieuse, pleine de « je » et de « j'ai » plaintifs.

C'était ce genre de phrases qui se voulaient anodines, mais pleines d'allusions, qui n'accusaient personne, mais qui en désignaient certains.

Elle se précipitait ensuite à sa place, comme si sa vie en dépendait.

À part quelques collègues qui comprenaient son manège, tout le monde la trouvait gentille et personne ne remarquait ce « j'ai » ou ce « je ».

Bien sûr, les « j'ai » et les « je » n'avaient pas toujours de signification particulière. Tout dépendait de la personne qui les prononçait, de ses intentions, de son attitude dans son ensemble. Ces petits mots-là pouvaient passer inaperçus, et devaient l'être le plus souvent.
Pourtant, ils pouvaient aussi suggérer habilement que les autres ne croulaient pas sous la tâche, tout en mettant en valeur le stoïcisme d'un pauvre travailleur victime de sa bonne volonté. Il suffisait qu'ils soient placés habilement lors de propos agréables et personnels pour que l'on ne remarquât rien.
Ce genre de petits mots là était dangereux puisqu'ils restaient le plus souvent sans réponse.

La méthode, bien que discrète, était efficace puisque c'était aux autres que le manager demandait où ils en étaient de leurs tâches, avant de leur distribuer du travail supplémentaire.
À Thérèse, il posait la même question avant de lui proposer l'aide du personnel intérimaire.

C'est ainsi aussi que personne n'aurait voulu de son travail alors qu'elle ne l'aurait laissé pour rien au monde.

Framboise se demandait si chacun était dupe ou si sa méthode clouait le bec à tous.
Pourtant, autour d'elle, elle remarquait l'agacement réprimé de certaines personnes, qui, elles, travaillaient vraiment et auxquelles on demandait toujours plus.

Framboise était dubitative. Cette énergie déployée à faire semblant lui paraissait bien plus fatigante qu'un réel travail. C'était sans doute pour cette raison que Thérèse était épuisée le soir et qu'elle saluait ses collègues avec, dans ses gestes et dans la voix, une lassitude désespérée. Ce qui était sûr, c'est qu'elle s'ennuyait à mourir.

Framboise avait rencontré beaucoup de paresseux dans sa vie de travail, il y en avait plusieurs catégories.

La paresse apparente n'en était pas toujours une.
Dans certains cas, ce manque de motivation venait plutôt de la peur de faire des erreurs, celle d'assumer ses responsabilités.

Cette attitude permettait d'échapper à la quantité de travail qui pouvait révéler une incompétence présumée.

C'était bien dommage, car le plus souvent ces gens-là auraient pu prouver leurs capacités. Ils manquaient seulement de confiance en eux et ne se risquaient pas. Ils entraient ainsi dans une spirale qui, justement, ne pouvait que les conforter dans l'idée erronée qu'ils ne pouvaient assumer correctement leurs tâches. Moins on en fait, et moins il est possible de s'adapter.

Dans d'autres cas, il s'agissait d'un manque de curiosité. Il fallait surtout « ne pas se prendre la tête ». C'était une vraie paresse, mais une paresse intellectuelle. Elle pouvait être totale lorsque l'absence d'intérêt pour le travail s'accompagnait d'inactivité. Elle était partielle quand la personne accomplissait sa tâche, et uniquement sa tâche, avec les mêmes gestes, les mêmes méthodes, celles qu'on lui avait apprises, et qu'elle ne remettait surtout pas en question.

Il y avait aussi les « paresseux victimes». Ils pouvaient être repérés immédiatement lorsqu'ils étaient obligés de travailler. Ils ne supportaient pas l'inactivité de qui que ce soit, à côté d'eux. Ils avaient de petites réflexions acerbes, mais exprimées sur le ton de la plaisanterie, lorsque vous vous permettiez une conversation, même courte, avec quelqu'un d'autre. Non seulement l'idée d'être les seuls à travailler leur était odieuse, mais en plus, vous les priviez d'une occasion de ne rien faire, tout en n'en portant pas la responsabilité.

Une deuxième catégorie de « paresseux victimes » existait. Ces paresseux-là étaient aussi nombrilistes, et pensaient être victimes de la vie.
Framboise se rappela avec amusement son agacement, le jour où une collègue lui avait affirmé, avec un air de chien battu, mêlé à une détermination pincée, « qu'il n'était pas question qu'elle se donne du mal puisqu'elle ne venait travailler que pour assurer sa subsistance ». Comme si les autres venaient pour le plaisir ! Framboise s'était brusquement figée, sa mâchoire inférieure en était tombée de surprise, la laissant bouche ouverte devant tant de sottise.
« Est-il possible que certaines personnes ne comprennent pas que le salaire perçu ne rémunère pas le temps de présence, mais une quantité et une qualité de travail fourni, pendant un temps de présence ? » songeait Framboise.

On pouvait observer aussi la catégorie des « paresseux arrivistes », dont Thérèse faisait partie.
Ils s'appliquaient la règle mathématique du : « plus le travail abattu est important, plus on est susceptible de faire des erreurs, moins on a de temps pour exploiter les erreurs des autres, leurs qualités et leurs défauts ».
Les paresseux étant pratiquement infaillibles par la force des choses. S'ils étaient arrivistes, ils avaient le temps de

parfaire l'image qu'ils voulaient donner d'eux-mêmes. Ils avaient une chance de monter plus vite dans la hiérarchie.

Pour cela, il fallait être certain que leurs supérieurs pussent remarquer leur irréprochabilité.
Les « paresseux arrivistes » aimaient donc faire valoir leurs compétences professionnelles à tout un chacun, en particulier aux managers.
Les imbéciles qui travaillaient n'avaient pas le temps de faire leur cour.

Comme il devait être agréable, pour certains supérieurs hiérarchiques, d'être courtisés, de prendre de l'importance aux yeux des autres ! L'ego flatté rendait l'humain vulnérable. Pour d'autres, accepter tout ceci donnait le pouvoir de manipuler à leur tour.

Ce qui intéressait au plus haut point les « paresseux arrivistes » était : « qui est qui », et « qui fait quoi » ! Il était inutile de perdre son temps avec quelqu'un qui ne pouvait pas vous servir. Ils adaptaient leur attitude à la position des personnes dans l'entreprise.
Ils savaient deviner l'objet des préoccupations des cadres et excellaient ensuite dans l'art de prouver à ces personnes que les leurs étaient identiques. Ils étaient ensuite habiles à détourner la conversation quand elle devenait trop précise et aurait dévoilé le peu d'intérêt véritable qu'ils avaient pour le sujet.

Ils adhéraient au point de vue de chacun, et les mauvaises langues auraient pu dire qu'ils étaient toujours de l'avis du dernier qui parlait.

Framboise était admirative. La manœuvre était efficace, mais il lui paraissait impossible de la mettre en pratique.
Pourtant, quelque chose devait changer. Chaque fois que Framboise était en compétition avec une paresseuse, c'était, inévitablement, la paresseuse qui obtenait le poste.

Déjà, dans sa carrière passée, elle avait été victime de son idéalisme. Partout et toujours, Framboise avait travaillé sérieusement et n'avait jamais ménagé, ni son temps, ni sa peine. Aucune promotion ni augmentation ne lui avaient jamais été accordées. Cela avait même souvent été le contraire.

Tout bien réfléchi, c'était tout à fait logique.

Les employeurs préféraient certainement le personnel infaillible, mais il y avait mieux.

C'était au bas de l'échelle que l'on avait besoin des gens travailleurs. Si en plus, ils exécutaient leurs tâches intelligemment, ils n'avaient aucune chance de s'élever.

Faire gravir les échelons aux paresseux, et surtout aux paresseux arrivistes, évitait la compétition. Il suffisait, en plus, de bien les rémunérer et on pouvait être tranquille.

Oui, vraiment, quelque chose devait changer. Elle essayait parfois, mais elle n'y parvenait pas.

« À quoi bon », se disait Framboise l'existence des gens comme Thérèse lui permettait toujours de trouver du travail. Il fallait qu'il se fasse n'est-ce pas !

Bien sûr, elle était souvent exploitée, mais elle gagnait sa vie. La catégorie des « bonnes poires » avait une adepte, une adepte consentante.

C'est que, chaque fois que Framboise avait essayé de se conformer à la paresse ambiante, elle s'était ennuyée à mourir, les secondes étaient devenues des heures et les heures, des mois. Chaque fois, à la fin de la journée, elle s'était sentie lasse, abêtie.

Pourtant, certains y arrivaient, c'était parfois une question de survie, une survie immédiate. Framboise se demandait comment ils vivaient leur adaptation !

Elle se posa alors la question rituelle pour se remettre en question : « qu'avait-elle à apprendre de Thérèse ? Qu'avait-elle à comprendre auprès de ces personnes qui montaient dans la société sans effort apparent ? » Oui apparent, car vivre dans le calcul permanent devait représenter un gros effort.

Tout comme Framboise, elles analysaient le comportement humain.

Framboise en tirait des leçons pour elle-même, pour progresser intérieurement.

Les « paresseux arrivistes» utilisaient les informations recueillies pour améliorer leur vie matérielle immédiate.

La différence résidait donc dans le bénéficiaire. Pour l'un c'était l'être intérieur, pour l'autre la personne physique. L'un choisissait l'invisible, l'autre la matière.

Oh ! Bien sûr, ces gens-là réussissaient leur vie sociale. Leur compte en banque grossissait, celui de Framboise se dépréciait.

Mais savaient-ils le vrai sens du mot amitié ?

Connaissaient-ils le plaisir éprouvé lors d'une discussion franche avec un ami véritable, qui boit un verre avec vous, avec l'envie toute simple d'être là ?

Oui ! Ils connaissaient cela …… Quelquefois ! Oui, quelquefois !

Pour Framboise, pas de stratégie ni de stratagème, pas de calcul ou d'ennui réprimé, mais des rapports francs, clairs et profondément sincères, toujours …..Oui, toujours !

Alors, Framboise pensait que l'on pouvait remplir sa bourse, rouler dans de belles voitures, grimper dans la hiérarchie, nous finirions tous de la même façon, en laissant tout derrière nous.

Beaucoup vivaient à l'envers. Le bonheur était pour eux un mot qui avait une signification précise, celle que nous donnait la publicité, celle que véhiculaient les médias, les revues « people ».

On voulait nous faire croire qu'il fallait avant tout, avoir, pouvoir acheter. Alors, chacun essayait de faire coller sa vie à cette signification pour se persuader et pour persuader les autres, qu'il était heureux.
Si on prenait le dictionnaire, on pouvait lire :

« Bonheur : bonne fortune, chance favorable…. »

« Évidemment » pensait Framboise « Il est possible d'interpréter tous les mots d'un côté ou d'un autre ».

Cette définition pouvait présenter le bonheur comme quelque chose d'extérieur contenant en lui-même l'aspect favorable. D'ailleurs, ce n'était pas tout à fait faux.

Pour elle, le bonheur était tout simple. Il était là, près de nous. Il pouvait s'inviter à l'improviste, il s'inventait à chaque instant.

L'événement en lui-même n'avait aucune importance, ce qui était important c'est ce que nous pouvions en faire.

Elle aurait bien proposé une autre définition. Serait-elle compréhensible pour tous ? Ne poserait-elle pas encore plus de questions ?

Elle aurait bien dit que le bonheur était un état agréable et bénéfique que nous atteignions lorsque nous étions capables d'apprécier le moment présent.

Oui ! Framboise resterait en arrière et le savait.

Oui ! Elle se ferait encore manger à la « sauce bonne poire » et elle l'avait choisi. Le choisirait-elle toujours ?

Cœur de Framboise
à l'étouffée

Framboise avait beaucoup appris d'elle-même avec sa collègue paresseuse et elle espérait que l'expérience de compréhension se renouvellerait lors de sa nouvelle mission. Elle avait signé un engagement de plusieurs mois dans une autre entreprise.

Elle avait essayé de s'installer dans ce bureau. Il était tellement plus agréable de travailler dans un lieu où on pouvait se sentir un peu chez soi. Pourtant, elle le sut tout de suite, ce ne serait pas le cas.

Il s'agissait de recouvrer les factures impayées de plusieurs entreprises ayant signé des contrats avec la société qui l'embauchait. Cela allait du simple appel téléphonique aux poursuites par voie de justice.
Ce travail n'était pas passionnant. Il était, en plus, contraire à son mode de fonctionnement. Il fallait faire peur aux redevables en somme !

Framboise aimait les gens et ils le lui rendaient bien. Il était difficile pour elle d'entrer dans ce jeu, mais, après tout, cette tâche avait son utilité et Framboise se disait qu'il fallait ouvrir les yeux sur ce qui lui était inconnu.

En y réfléchissant bien, elle voyait déjà toutes les possibilités qui s'offraient à elle pour accomplir sa tâche le plus humainement possible. Elle pouvait par exemple, accorder des délais de paiement, avec bien sûr, des normes établies par le responsable du service.

Chaque agent avait un portefeuille à gérer avec un objectif à atteindre. Une compétition s'engageait entre les employés. C'était tout à fait humain, mais un peu trop sérieux au goût de Framboise.
S'il était logique que chacun ait des comptes à rendre, les méthodes d'appréciation étaient pour le moins bizarres.
Des statistiques étaient produites sur la base d'éléments de performance déterminés. C'est ainsi que, chaque mois, tout le monde répondait à un questionnaire. (Nombre d'impayés restants, nombre d'actes de poursuites réalisés, etc.) Jusque-là, il n'y avait rien d'anormal.
C'était ensuite que cela se gâtait. Plus l'acte de poursuite était agressif, plus la côte de l'employé augmentait. Aucune analyse n'était faite sur le rapport acte/résultat. Framboise se demandait si la société connaissait la signification du mot rendement.

Framboise accordait de nombreux délais et ne consentait aux mesures plus dures, qu'à condition d'y être obligée. Le barème d'appréciation ne pouvait lui être que défavorable. Pourtant, elle obtenait de très bons résultats. Ces clients s'engageaient vis-à-vis d'elle et non envers leurs créanciers, et ils veillaient à respecter scrupuleusement leurs engagements. Son taux de recouvrement était le même que celui des autres, mais on lui reprochait ses méthodes trop douces.

En revanche, un collègue avait une très bonne note. Il appliquait la méthode « bulldozer ». Pour lui, les délais n'étaient qu'exceptions et il engageait les poursuites brutales immédiatement.

Dans son innocence coutumière, Framboise avait d'abord cru que, cherchant à obtenir une bonification dans ses rémunérations, Henri en oubliait le côté humain. Elle aurait pu concevoir cela. Rien dans notre société, ne favorisait les liens amicaux et pour beaucoup, un redevable n'était, après tout, qu'un nom sur une liste.
Framboise comprit vite que c'était plus que cela. Il y prenait goût. Il se moquait des clients et de leurs lamentations. Il semblait même que mettre quelqu'un en difficulté lui procurait une certaine jouissance. Les pleurs et les plaintes alimentaient copieusement ses pulsions destructrices.
Quel plaisir pouvait-on avoir à provoquer des drames ? Quel intérêt pouvait-on avoir à pousser les gens à vendre ce qu'ils possédaient et peut-être les mettre à la rue.

Framboise avait essayé de lui parler plusieurs fois sans résultat. Il l'avait repoussée brutalement et s'était gaussé en lui affirmant, dédaigneusement, qu'ils ne travaillaient pas pour un service social.

Framboise lui avait répondu que la raison d'être de la société n'était pas la démolition et que son attitude relevait de la psychiatrie. Elle y avait été un peu fort, elle devait bien le reconnaître. Ils s'étaient bien sûr quittés fâchés. Une barrière infranchissable s'était dressée entre eux.

Tout le monde pensait la même chose que Framboise, mais personne ne disait rien. Ce silence des collègues encourageait Henri qui devenait de plus en plus virulent envers les clients. Pas une journée ne passait sans cris, disputes, pleurs ou menaces dès qu'il se rendait à l'accueil. Mais Henri se sentait fort, encouragé par la direction qui rendait les statistiques. Il dominait les autres de sa haute taille et les toisait avec un regard arrogant. Il traversait le bureau, sûr de lui, prêt à écraser les moucherons qui tomberaient sous sa patte, et ceci en toute légitimité.

Henri avait le pouvoir, le pouvoir de détruire. Chaque facture impayée passant entre ses mains devenait une arme. Si le client pouvait payer, il devenait même inintéressant. Celui qui avait des difficultés avait son importance. Henri décidait de son sort. Il le serrait à la gorge. Il avait la possibilité de l'étouffer, le laisser survivre, ou le propulser dans la rue sans armes ni bagages.
Ce pouvoir rendait son action pernicieuse, mais personne ne voulait le voir, personne n'avait rien vu. À une autre échelle, c'était ainsi que l'on donnait naissance aux dictateurs.

Framboise n'avait aucune chance de faire valoir son point de vue auprès de la hiérarchie. Elle était seule face au tyran au milieu d'un troupeau de moutons.
Les moutons se rendaient-ils compte que leur passivité les mettait en péril également ?
Car enfin, pensait Framboise, la stratégie de rentabilité mesurée au nombre d'actions était complètement stupide.

Toutes les entreprises dans lesquelles elle avait travaillé évaluaient les résultats, puis les étudiaient en fonction des actions menées. C'était d'ailleurs une attitude d'une logique absolue. Que cherchait la direction ?

Le personnel ne voyait-il pas que ce service était excentré par rapport aux autres agences et qu'il coûtait cher à l'entreprise.
Les allusions de la Direction, dans des notes fleuries pleines de compliments, encourageant chacun à la mobilité et à la formation permanente auraient dû faire naître le doute dans l'esprit assoupi des agents zélés.

Chacun d'eux pensait peut-être que l'agence pour l'emploi n'accueillerait que le collègue d'à côté.
Pourquoi ces agents ignoraient-ils les statistiques produites avec les notes de service, qui établissaient que les résultats des agences implantées dans d'autres pays produisaient plus de bénéfices ?

Imaginaient-ils une minute, que les conflits avec les usagers engendraient un climat de tension et que le Maire

de la commune ne retiendrait pas cette entreprise et préférerait accueillir une banque ou une autre société ?
Lorsque la division entre les employés serait consommée, tout serait plus facile pour les dirigeants lorsqu'il s'agirait de fermer la boîte. Y pensaient-ils ?
Ces employés étaient-ils aveugles ou sourds ? Non ! Passifs, seulement passifs.

C'est ainsi qu'on laissait détruire des vies, des familles ! C'est ainsi qu'on tolérait qu'un fou furieux assouvît ses instincts de prédateur dans la jubilation d'une poigne de fer qui se referme sur sa proie déjà fragilisée par une situation économique difficile.

Et Henri assenait sa sentence avec des « il n'a qu'à travailler », « il n'a qu'à compter », « il n'a qu'à prévoir ».un sourire moqueur figé sur ses lèvres minces.
Le grand « y a qu'à » savait-il, dans sa position de nanti, lui que rien n'avait jamais arrêté sur sa route, lui qui ne connaissait que le long fleuve tranquille de la vie, que pour certains, l'enfer était sur terre.
Peut-être qu'un jour l'avenir lui montrerait sa face obscure et que quelqu'un lui dirait alors qu'il n'avait qu'à prévoir. Connaîtrait-il cela ? Non ! Ces gens-là ne subiraient jamais que les affres douloureuses de la télévision en panne pendant plusieurs jours !

Ce n'était pas la première fois qu'elle constatait les effets néfastes que pouvait avoir l'obtention du pouvoir, sur le comportement des gens qui le possédaient brusquement. L'argent aussi changeait les gens, mais, après tout, l'argent était un pouvoir !

Mais le pouvoir n'était rien comparé à la peur, à la lâcheté. Un petit nombre avait le pouvoir. La peur pouvait atteindre tout le monde.

L'homme était-il bon ou mauvais ? La question éternelle revenait à l'esprit de Framboise. La réponse arrivait sous une autre forme.

Le bien et le mal habitaient en l'homme prenant d'abord la même place. Les événements de la vie réveillaient l'un ou l'autre, et parfois, l'un et l'autre. Certains choisissaient un côté, d'autres optaient pour son contraire.

Pourtant, la pire ordure pouvait être capable du meilleur, le bon rejoignait parfois le clan des individus de la pire espèce.

Les relations que l'on pouvait avoir avec une personne isolée étaient plus simples. Il suffisait de ne pas réveiller le mal en elle.

Dès que les individus se retrouvaient en groupe, tout devenait plus difficile. Chacun essayait de paraître ce qu'il n'était pas, tentait de se fondre dans la masse, ou de prendre la direction du clan. Certains suivraient aveuglément le plus fort. D'autres feraient semblant d'être ce qu'ils ne seraient jamais.

Subitement, l'individu se délectait des petites histoires, des bavardages assassins, des commérages qui nourrissaient, peut-être, leur vie plate et terne, ou alimentaient leur besoin de faire partie du groupe des puissants.

Il suffisait alors, qu'une jalousie s'éveillât pour une peccadille, qu'un ressentiment naquît d'un petit rien. Le clan devenait soudain une meute prête à harceler sa proie. On la déchiquetait en paroles, en allusions, en vexations. On la mettrait à l'écart.

Alors, peu à peu, le cerveau de la malheureuse victime commencerait à douter, et il serait facile de lui suggérer l'inutilité de son existence. On lui soufflerait habilement son incompétence lors d'une erreur banale que tout le monde aurait pu commettre. La victime innocente n'aurait plus qu'à mourir ou à fuir. Son obstination la mènerait lentement, mais inexorablement vers la dépression grave ou légère, à la satisfaction générale, évidemment ! C'était une façon de faire disparaître le gêneur.

C'était à ce moment qu'il faudrait trouver une autre proie, un autre maillon faible.

Le maillon faible ne serait pas celui qui aurait le moins de caractère. Il ne serait pas le moins compétent, ou le moins intelligent. C'était souvent le contraire.

Pour être éligible, il fallait être un danger pour le chef de meute. Il était facile de comprendre qui serait le prochain, car le maillon faible était souvent un esprit fort.

Ce serait celui qui n'accepterait pas l'autorité du meneur de jeu de la destruction.

Ce serait peut-être celui qui avait une certaine intelligence, non celle de l'intellect, mais celle du cœur.
La véritable intelligence accompagnait la capacité d'analyse d'une personne. Elle ne se mesurait jamais au nombre de ses diplômes, ou à cette façon qu'avaient certains, de s'imposer par le mépris. D'ailleurs, une personne tout simplement timide était une victime potentielle.

La proie serait peut-être celle qui refuserait d'enfiler le costume qu'on voulait lui faire porter. Que cela plaise ou non, il fallait faire semblant.

Il suffisait d'une petite différence pour déclencher les hostilités. Quand on ne donnait pas prise avec la couleur de sa peau, l'âge, la corpulence, la nationalité, le lieu où on habitait, on pouvait toujours trouver quelque chose. C'était tellement facile.

Il suffisait parfois qu'un événement difficile survînt et vous affaiblît pour vous désigner. Une légère chute vous attirait vers la fosse où on vous précipitait à coups de pied.

Et Framboise se sentait une victime toute désignée.

Elle portait en elle ce qui devenait le handicap de ses origines, certes, mais il y avait pire.

Horreur ! Elle était intérimaire et s'en satisfaisait.
Impardonnable ! Elle refusait de détruire les gens pour le plaisir, envers et contre tous. Tout pour plaire !

Il fallait ajouter à toutes ces tares le fait qu'elle était appréciée de ses clients. Et cela, c'était insupportable !
Chacun savait que pour être respecté, il fallait montrer que l'on était le plus fort, il fallait frapper.
Et voilà que l'univers connu sombrait et qu'on vous prouvait le contraire ! C'était inconcevable !
Et voilà que l'ordre établi était dérangé par une petite bonne femme tout à fait ordinaire, mais déterminée. Elle avait des convictions et des principes. C'était une attitude d'un autre temps. Il y avait longtemps que les dures contraintes de la civilisation nous avaient fait régresser vers la jungle.

Civilisé ? Savait-on ce que ce mot voulait dire aujourd'hui, pensait Framboise.

Peut-être croyait-on l'être, lorsque nous disions bonjour le matin. Mais le bonjour n'en était pas un. La politesse n'était que convenances, alors qu'elle aurait dû représenter la manifestation du respect que nous éprouvions pour les autres.
Peut-être croyait-on l'être, quand nous ne frappions pas physiquement les autres. Les blessures psychologiques ne laissent pas de traces visibles.

Peut-être croyions-nous vivre dans un pays civilisé quand celui-ci nous permettait d'avoir une voiture, une télévision, quand il nous donnait des lois, une justice, une police ?

Framboise pensait plutôt que cette notion relevait d'un état d'esprit, d'une évolution intérieure, qui nous faisait respecter l'autre naturellement.

Beaucoup avaient oublié la signification de ce mot. Ils croyaient sans doute l'être parce que leur pays se considérait comme tel. Non ! Un pays l'était lorsqu'une majorité de ses habitants se comportaient en personnes civilisées. Il y avait un seuil de tolérance et Framboise pensait que ce seuil serait probablement atteint très vite.

Elle regardait ses collègues avec découragement. Oui ! Framboise serait le maillon faible.

Et l'odieux chantage commença. On ne lui épargna plus aucune humiliation. On essaya "généreusement" de la faire plier. Il fallait faire partie du club des destructeurs ou sombrer.

Il avait été facile de convaincre le chef du service que Framboise n'assumait pas sa tâche. Les statistiques étaient là pour le prouver à un responsable docile, qui ne faisait surtout pas de vague, qui suivait le troupeau pour que tout se passât au mieux, qui grimperait dans la hiérarchie grâce aux chiffres, qui tendait une oreille attentive à tout ce qui se racontait.

Comme il était facile de lui souffler les bases imaginaires de l'incompétence, en insufflant en lui, la peur de ne pas évoluer professionnellement à cause, évidemment, de l'élément perturbateur.

Et le chef de service devint l'inquisiteur, les collègues agents de renseignements, délateurs d'événements inventés, de fautes non commises.

Encore des moutons !!

Oui ! Encore des moutons qui ne s'apercevaient pas qu'à force de jouer les imbéciles, ils risquaient de le devenir vraiment. Plus on oubliait le respect des autres, moins on se respectait soi-même.

Comment pouvait-on dénoncer les dérives de notre société tout en l'alimentant copieusement de sa participation active et zélée ? Et pourquoi ? Pour avoir la paix ! Une paix personnelle individuelle, bien sûr !

Savait-on que ces attitudes individuelles avaient des conséquences collectives, et que les guerres meurtrières étaient engendrées par les aveugles consentants.

Comprenait-on que l'indifférence, l'inaction, l'acceptation muette et passive de tous les maux, tuaient des enfants, détruisaient les maisons, dépouillaient de tous les biens matériels auxquels nous étions tant attachés. Il est vrai que les guerres se déroulaient ailleurs et qu'on pouvait les voir à la télévision comme on regardait les images d'un jeu vidéo.

Devinait-on que les moutons engendraient d'autres moutons, mais permettaient aussi la naissance des loups.
L'homme était le premier prédateur sur la terre, mais il l'était aussi pour lui-même.
Pourtant à la différence des animaux, sa motivation n'était pas celle de la survie immédiate du corps, même si certains, poussés par un élan destructeur, agissaient comme si leur existence en dépendait.

Les animaux vivaient chaque seconde en se préservant, ils ne pouvaient oublier la mort.
L'homme, lui, n'était pas obligé d'y penser, et d'ailleurs il refusait même de l'envisager en cherchant, à tout prix le moyen de prolonger ses jours.

« L'homme a peur de la fin qu'il sait inéluctable et lui tourne le dos délibérément » se disait Framboise.
C'est ainsi qu'il vivait chaque jour comme si la mort ne pouvait atteindre que les autres. Il ne consentait à la voir, que lorsqu'elle était là, toute proche.

A la dernière minute, les persécuteurs avaient-ils un brin de remords, un instant de regret, ou mourraient-ils avec la certitude du devoir accompli, d'avoir fait ce qu'il fallait faire, d'avoir été l'instrument, la main de Dieu qui punit celui qui ne se conforme pas à la norme.
Comprenaient-ils que les actes qu'ils croyaient justes n'étaient que la manifestation de leur propre haine, qu'ils frappaient les autres par mépris pour eux-mêmes ?

Comprenaient-ils que leur démonstration de force ne dévoilait que leurs faiblesses ?

Comprenaient-ils qu'ils voulaient se persuader qu'ils ne pouvaient agir autrement, que résister à ce courant, c'était se condamner à périr, alors qu'ils se mourraient peu à peu sans s'en apercevoir ?

Framboise se sentait étouffer dans ce milieu.

Chaque minute devenait supplice, chacun de ses gestes était interprété, chaque mot prononcé était décortiqué pour devenir un élément de preuve de son incompétence présumée.

C'était dans ces moments-là qu'elle était heureuse d'être intérimaire. Elle partirait, et tout cela serait terminé. Alors, il leur faudrait trouver une autre proie. Peut-être la découvriraient-ils dans un ancien comparse. C'était dans ces moments-là qu'elle comprenait pourquoi elle avait choisi l'inconfort de la mobilité. Peut-être la situation lui permettait-elle de rester elle-même, mais peut-être le serait-elle restée tout de même.

Oui ! Sans doute ! Mais au prix de quelle souffrance ?

Elle avait fait le choix de l'insécurité, elle avait choisi entre deux douleurs.

L'une était celle de ne jamais savoir ce que serait son avenir, même proche, et d'ignorer toujours s'il y aurait un lendemain.

L'autre était celle de se voir changer, de devenir un mouton parmi les autres, de ne plus rien dire, de ne plus se révolter, puis doucement sombrer dans l'apathie. C'était celle de ne plus rien voir, de ne plus rien écouter, pour ne plus entendre la voix intérieure lancer ses appels désespérés. « Réveille-toi » disait cette voix, « ne m'oublie pas, …ne t'oublie pas ! »

Malgré les épreuves de sa vie, ou peut-être grâce à elles, Framboise avait su garder un naturel enjoué et pur.
On aurait pu dire qu'elle avait gardé sa candeur, mais il était imprudent de prononcer ce mot, car beaucoup n'en connaissaient que le sens péjoratif et moqueur. La candeur n'était pas que naïveté et innocence de celui qui n'avait pas vécu. Elle n'était pas le signe de la bêtise comme certains voulaient le croire.

Elle était surtout une pureté qui se manifestait dans une spontanéité, dans une absence de calcul, dans un comportement simplement sincère.

Quand cette candeur restait intacte après de multiples événements douloureux, elle avait encore plus de valeur, elle n'était pas de la faiblesse, mais de la force.

Mais Framboise se sentait souvent faible face à la dure loi des « ego ».

Cœur de Framboise à la frantonienne

Cœur de Framboise à la paysanne.

Framboise s'était accordée une journée rien que pour elle. Elle avait eu envie de laisser la ville, le bruit, la foule et la pollution…seulement une journée. Elle voulait jeter au loin la méchanceté gratuite.

Elle avait acheté un billet de train pour une destination qui l'emmènerait assez loin de la capitale pour l'oublier quelques heures, mais pas trop loin non plus, pour pouvoir rentrer le soir même.

Un coup de téléphone de l'agence de travail en intérim lui avait confirmé une embauche de plusieurs mois, sans doute renouvelable. Elle avait accepté en pensant à l'aide pécuniaire qu'elle pourrait apporter à la petite Sandra, qui n'était plus, d'ailleurs, si petite que cela.

Cette seule journée serait plus agréable encore en sachant cela.

En descendant sur le quai presque désert, elle avait eu une sorte de vertige, celui de la paix et de la solitude qui vous assaillait brusquement et vous laissait subitement étourdi, tant la différence entre les deux mondes était importante. C'était comme une entité qui vous prenait au collet pour vous signifier que vous étiez encore imprégné des désagréments de la ville et qu'il fallait vous en libérer pour pouvoir apprécier ce qui allait venir.

Alors, Framboise s'en libéra comme on se déshabille et entama sa marche sur la petite route goudronnée qui menait à l'inconnu. Elle avait choisi la ville de destination au hasard. Le hasard lui apportait toujours des surprises.

Peu de gens aimaient faire ce genre de choses. Ils avaient peur d'être déçus. Mais Framboise n'était jamais déçue puisqu'elle ne s'attendait à rien.

Elle avait marché jusqu'au croisement de cette petite route et d'un joli chemin ombragé qu'elle avait pris pour s'éloigner le plus possible de la civilisation.
Elle avait longé ensuite une prairie dont l'herbe tendre parsemée de fleurs faisait le régal de quelques chevaux qui avaient levé la tête à son passage.
Elle était arrivée à un petit bois, avait évité le large chemin destiné sans doute aux tracteurs, et avait sauté par-dessus le petit talus.

Loin des nuisances de la circulation humaine, elle avait écouté les bruits de la forêt et avait trouvé un endroit pour s'asseoir, au pied d'un arbre. Elle s'était appuyée contre son tronc et s'était ressourcée à l'énergie bénéfique du grand chêne. Ici, elle pouvait réfléchir tout à son aise, mais surtout essayer de ne penser à rien.

Faire le vide était beaucoup plus difficile à réaliser qu'on le croyait. C'était pourtant la meilleure manière de vraiment se reposer. Il était inutile de faire tout ce chemin pour y arriver. Elle aurait pu en faire autant chez elle, mais s'y exercer dans la nature était bien plus efficace.

« Ne pas chasser les pensées qui arrivent » se répétait-elle, « les laisser venir et passer sans les arrêter, ne pas leur donner d'importance, ne pas s'y attacher ».
Et le calme l'envahit en attendant que la paix arrive, car le calme et la paix, ce n'est pas la même chose.

Le temps était passé sans qu'elle ne s'en aperçoive, peut-être s'était-elle assoupie, elle n'aurait su le dire. Elle était revenue sur ses pas tranquillement en dégustant une gourmandise qu'elle avait eu la précaution d'emmener.
Elle avait largement le temps et s'arrêtait parfois pour observer un animal curieux qui s'immobilisait à son approche, prêt à fuir. Elle avait eu juste le temps d'apercevoir un petit écureuil craintif. Il s'était éloigné dans une course folle. Au milieu des feuilles jonchant le sol, elle avait entendu le pas pressé d'un animal sans pouvoir deviner ce qu'il était.
Elle avait pensé à ce joli dessin animé espagnol, « El bosque animado », dont les animaux se souhaitaient une bonne journée par ces mots : « que les hommes t'ignorent »
Elle avait tenté de surprendre les mouvements de vie dans les feuilles des arbres, dans la mousse douce, mais son œil humain, aux possibilités limitées, n'avait vu qu'une fausse immobilité.

Elle avait pu seulement imaginer le bouillonnement permanent des cellules. Cet œil n'avait vu que la manifestation extérieure de la vie de la forêt dans les gestes désordonnés des branches poussées par la brise. Il fallait en être conscient.

Malgré sa nonchalance, elle était arrivée en avance au village et s'était attablée à la terrasse de l'inévitable « café de la gare » pour profiter des derniers instants de calme, devant une boisson gazeuse.

Ce calme avait été interrompu par l'arrivée d'un train ramenant des travailleurs de la capitale. Ils gardaient jusqu'au bout cette allure pressée, la tête baissée, comme des automates réglés sur une certaine vitesse. Arrivés chez eux, un ingénieur invisible appuierait sur « pause » et ils ralentiraient. Framboise agissait sans doute ainsi, elle aussi, sans s'en rendre compte.

Soudain, un appel la fit sursauter. Elle avait cru reconnaître son prénom. Intriguée, elle scrutait le visage de cette femme qui s'était figée à quelques mètres d'elle et qui la regardait maintenant, bouche bée.

« Framboise ? » répéta l'inconnue, interrogative. Elle penchait légèrement la tête. Le doute envahissait son regard.
Framboise se leva. Ce visage ne lui était pas étranger, mais aucun nom ne lui revenait encore, aucune image, aucun souvenir. Ce regard aussi lui rappelait quelque

chose du passé. C'était un regard vif avec un éclair de malice.

Soudain elle le reconnut, et ses traits se détendirent dans un sourire radieux. « Annette » s'exclama Framboise « ce n'est pas possible, je rêve. »

« Ai-je tant changé que cela ?» interrogea son interlocutrice en l'embrassant.

C'était si loin ! Oui ! C'était loin et proche à la fois.

Annette était une ancienne collègue qui était devenue une amie. Elle avait accompagné une partie de la vie de Framboise. Leurs enfants avaient le même âge.

Elles s'étaient perdues de vue un moment, Framboise lui avait écrit, Annette avait répondu, puis le temps était passé et leur paresse n'avait pas gardé cette amitié présente même si elle restait intacte. Les liens se détendaient parfois et se renouaient, nul se savait pourquoi.

Qu'importe ! Elles se retrouvaient maintenant toutes deux et se racontaient les péripéties de leurs vies. C'était l'essentiel.

Annette était partie travailler à l'étranger plusieurs fois et pendant plusieurs années. Elle venait de rentrer. Elle regrettait pourtant ce retour. Framboise lui avait demandé ce qui la gênait en Frantonie. Elle lui avait expliqué que l'importance du « paraître » la dérangeait maintenant. Évidemment, dans tous les pays qu'elle connaissait, l'apparence de quelqu'un, que ce soit dans l'embauche, ou dans les relations amicales, avait une importance. En

Frantonie, rien n'importait plus que ce que vous aviez l'air d'être. Ce que vous étiez vraiment n'intéressait personne. Elle ajoutait que l'absence lui avait sans doute rendu évident, ce qu'elle n'avait pas voulu voir. Cependant, elle avait l'impression d'un basculement dans la généralisation du phénomène.

Framboise ne pouvait qu'acquiescer. Son univers s'était modifié très rapidement. Chacun devait se conformer à l'image type. Le changement avait été assez brusque pour laisser un malaise. Tout le monde affirmait que cela avait toujours existé, mais c'était une façon d'éluder le questionnement sur sa propre passivité On sentait au fond des cœurs, parfois une nostalgie, souvent un mal-être.

Nous étions passés d'un univers d'humains se ressemblant, mais ayant chacun leurs particularités, à une multitude de photocopies souffrant d'être noyées dans la masse de leurs semblables.

Où était la camaraderie d'antan, la bonne humeur, la franche poignée de main du matin.

Framboise et Annette avaient bavardé un moment, avaient échangé leurs numéros de téléphone et s'étaient quittées. Elles avaient pris quelques minutes pour se donner des nouvelles d'anciens collègues, car chacune en avait revu certains, et perdu d'autres de vue.

Dans le train qui la ramenait à la capitale, Framboise pensait à une collègue en particulier tant l'annonce de son hospitalisation en milieu psychiatrique l'avait blessée.

Framboise avait connu Colette lors d'un stage de formation. Elles travaillaient dans la même grosse entreprise sans même s'être croisées. Étrangement, elles s'étaient retrouvées dans le même service au moment des affectations.

Colette parlait très peu et était mal considérée par beaucoup de collègues. Son contrat à durée déterminé ne fut pas reconduit. On la trouvait bizarre.

Framboise avait tout de suite remarqué une souffrance en elle. Le rejet des autres n'arrangeait rien.

Quand Framboise avait demandé à travailler dans une agence plus proche de son domicile après ses problèmes de santé, elle avait retrouvé Colette qui passait de contrat en contrat sans pouvoir se fixer. C'est à cette époque-là qu'elles avaient sympathisé.

Colette était ouverte et on pouvait parler de n'importe quel sujet. Elle ne s'était pourtant confiée qu'après de longs mois. Elle se méfiait de tout le monde. Framboise en avait compris la raison après le récit de son histoire.

Son père était frantonien. Il était parti au Viêt Nam pour y travailler quelques années, mais s'y était installé lorsqu'il y avait trouvé l'âme sœur. Il était décédé lorsqu'elle était encore petite, laissant sa mère d'origine vietnamienne, seule avec ses trois filles.

La vie était rude, mais se déroulait dans une relative tranquillité.

Tout avait changé lorsque le pouvoir politique avait été investi par les partisans communistes.

Même si le ton de sa voix restait le même, c'est avec de la terreur dans le regard, que Colette racontait les réunions politiques obligatoires, la propagande, les séances d'endoctrinement.
Pour votre sécurité et celle de votre famille, il fallait paraître consentant, même si votre cerveau résistait. Personne ne donnait sa confiance à qui que ce soit. Les amis d'antan devenaient ennemis, les voisins délateurs, et même certains de vos proches pouvaient se retourner contre vous, soit par peur, soit par ambition.
Les bruits de bottes étaient accompagnés de contrôles fortuits, d'arrestations, d'interrogatoires. Chaque fois qu'ils résonnaient dans le quartier chacun se disait qu'il serait le prochain à disparaître. Car ceux qui étaient emmenés ne revenaient pas. Certains échappaient à la mort ou à la prison, mais ils n'étaient renvoyés chez eux que pour témoigner de la barbarie, pour être acteurs de la propagande ou pour devenir espions. C'était ainsi que les rares rescapés ne devenaient que des parias.

Les trois filles et leur mère avaient fui ce pays qu'elles ne reconnaissaient plus comme le leur. Elles avaient été séparées lors de leur voyage clandestin, autant par nécessité que par prudence.

Après de multiples recherches, elles s'étaient retrouvées et essayaient de vivre l'exil le plus normalement possible, mais les blessures étaient dans les corps et dans les cœurs. Si les sœurs aînées de Colette et sa mère avaient accepté les aléas de leurs vies, Colette semblait touchée au plus profond d'elle-même. La peur l'avait habitée si intensément, qu'elle l'avait marquée définitivement.

Après le récit de Colette, Framboise avait compris son attitude craintive, sa défiance envers toute personne qui l'approchait, son manque de confiance. Elle avait essayé de lui montrer que les autres ne lui voulaient pas forcément de mal, même s'ils n'essayaient pas de la comprendre. Elle lui suggérait doucement que le poids douloureux du passé annihilait toute objectivité. Elle avait fini par ne plus rien dire, car Colette l'accusait d'être de leur côté.

Aujourd'hui, l'angoisse avait envahi Colette au point de compromettre sa santé. Un diablotin s'était nourri de ses peurs et de ses mauvais souvenirs.

La compréhension des autres aurait peut-être pu le tenir en respect. Il était aussi peut-être déjà trop tard ! Pourtant, personne n'avait tendu l'oreille à sa détresse muette.

C'est qu'il fallait rester coûte que coûte dans la « normalité », ou au moins, faire semblant. Beaucoup de gens avaient peur de ceux qui n'entraient pas dans le moule. Ceux qui, ne pouvant se fondre dans le mode de vie « normal », étaient atteints par des problèmes psychologiques étaient bien vite, mis à l'écart, quand ils n'étaient pas déclarés fous. On ne pouvait pas non plus être artiste, au risque d'être classé dans les fainéants, les hallucinés, ou les charlatans. Tout ce beau monde était rejeté, mis au ban de la société.

Quelques exceptions étaient parfois acceptées, mais il fallait pour cela pouvoir être classé parmi les personnes ayant « réussi ». Bien sûr. Oui ! On obtenait le droit d'être différent à condition de « réussir ». Et réussir ? C'était gagner beaucoup d'argent ou être visible, connu.
C'est ainsi qu'en Frantonie, on n'était qu'un artiste raté tant qu'on n'était pas célèbre. Il fallait être « connu » pour être « reconnu ». Même le plus mauvais peintre pouvait devenir génial dès qu'on parlait de lui. Il fallait seulement connaître les bonnes personnes.
Les meilleurs pouvaient parfois s'affirmer, à condition de savoir concilier leur art, avec celui qui consistait à se ménager les bonnes relations.

Normalité ! Non ! Colette n'était pas « normale ».

Framboise se rappelait les termes employés par Gian Dauli dans son roman « Magie blanche ». À peine arrivée chez elle, elle avait repris ce livre et avait retrouvé les phrases si intéressantes.
« Les hommes portent un masque de personnes honnêtes… », « Les seuls à n'avoir pas de masque sont les

enfants, les poètes, les anarchistes et les fous »… « les enfants se révoltent et pleurent…….Mais ils se laissent ensuite convaincre de les porter. Comment pourraient-ils vivre sans masque ? Comment feraient-ils leur chemin dans le monde ? » Il rajoutait ensuite : « Seuls les fous restent sans masque et les autres hommes les éloignent du monde. ….»

Déjà, à l'époque à laquelle Framboise l'avait connue, on disait que Colette était folle, qu'elle avait des propos bizarres, qu'elle parlait seule quelques fois. Mais après tout, pensait Framboise, il était peut-être normal de se parler à soi-même quand on ne pouvait plus parler à quiconque. Car enfin, qui pouvait comprendre l'exil, la peur, la faim, la solitude que vous imposait, un temps, l'ignorance d'une autre langue, d'autres coutumes, d'autres façons de vivre.

Qu'était vraiment la folie ? Gian Dauli écrivait qu'il n'y avait pas d'hommes fous, ou bien que tous les hommes l'étaient.
Aujourd'hui on n'employait plus ce mot. On parlait plutôt de personnes faisant l'objet de suivis psychiatriques ou de victimes de désordres mentaux. Les expressions étaient beaucoup plus justes, mais l'incompréhension était toujours la même.

La nouvelle de l'hospitalisation de Colette ramenait Framboise à son enfance. Elle avait accompagné une fois sa mère lors d'une visite à un cousin « interné », comme on disait alors. Elle se rappelait avec effroi des cris de certains malades. Elle n'aurait pu dire si ces cris étaient provoqués par la peur, mais Framboise avait senti toute la souffrance qu'ils pouvaient exprimer. Elle n'avait plus jamais supporté les moqueries sur la folie.

Maintenant la tristesse l'avait envahie. Elle se sentait coupable aussi. Avait-elle fait ce qu'il fallait ? N'aurait-elle pas dû insister, malgré le regard noir de Colette, lorsqu'elle lui avait suggéré la consultation d'un médecin ? Elle n'avait pas eu le courage d'affronter ses reproches. L'aurait-elle aujourd'hui ?

Une petite voix lui disait : « il était déjà trop tard ! » Une autre lui soufflait : « il n'est jamais trop tard ! »

« Mais oui ! Il n'est jamais trop tard ! » Pensait Framboise. « Tu sais ce qu'il te reste à faire ? Aller voir Colette bien sûr ! Cela ne donnera peut-être aucun résultat, mais, au moins, tu auras essayé ! »

Et Framboise s'endormit avec ses bonnes résolutions et l'espoir que le travail qui l'attendait le lendemain la rendrait témoin de plus de beauté que de laideur humaine.

Cœur de Framboise en cocotte.

Le lendemain, Framboise s'était présentée à son nouveau poste de travail avec l'espoir que tout se passerait bien. Elle reçut un accueil chaleureux et on l'installa dans le bureau de sa nouvelle collègue.

Angélique avait un très joli prénom. Il suggérait des attributs qui étaient loin d'être les siens, mais peut-être nous faisons-nous une fausse idée des anges.

Il y avait déjà un mois qu'elle travaillait dans l'agence quand Framboise y était arrivée pour un contrat de trois mois.
Il s'agissait, pour Framboise, de mettre au point la comptabilité de la petite agence, pour un éventuel développement dans la ville.

Angélique, elle, faisait partie de l'entreprise et effectuait des remplacements en attendant un poste fixe. Elle était là aujourd'hui, et pour une période de plusieurs mois, à la place de la secrétaire titulaire qui était malade.

Framboise s'était d'abord laissée abuser par sa candeur apparente. Elle trouvait Angélique bien jeune et inexpérimentée et s'était étonnée quand elle avait appris qu'elle avait presque trente ans. Son comportement semblait plutôt celui d'une adolescente, attardée peut-être, mais une adolescente quand même.

Elle semblait peu sûre d'elle et Framboise avait d'abord pensé qu'elle avait sans doute eu de mauvaises expériences dans sa courte carrière, surtout quand Angélique lui avait raconté, avec un air de victime, que sa dernière mission s'était mal passée. Elle avait eu, une femme chef d'agence, qui ne pouvait pas la supporter.

Framboise avait d'abord compati puis s'était méfiée quand elle avait ajouté que cette femme avait une cinquantaine d'années et qu'elle était sans doute jalouse de sa jeunesse. Même si Angélique n'avait rien dit de plus, son mouvement d'épaules et sa façon de relever le menton, en disaient long sur la bonne opinion qu'elle avait d'elle-même.

Framboise avait souvent entendu des réflexions de ce genre, et elle savait qu'elles étaient fausses dans la plupart des cas.

Les femmes d'un certain âge, jalouses des plus jeunes, existaient bien sûr, mais elles étaient bien moins nombreuses qu'on voulait le faire croire.

La peur de vieillir, donc de la mort, était universelle. Aucun n'échappait à cela, même si nous voulions croire le contraire.

Le motif « jalousie » était un excellent alibi pour justifier le reproche d'une simple incompétence ou un comportement inapproprié dans le travail.
On aurait voulu nous faire croire que toutes les femmes, arrivées à un certain stade, n'acceptaient pas leur âge et avaient peur de vieillir. C'était rarement le cas.
Ce qui était vrai, en revanche, c'était que les femmes essayaient de paraître le plus jeunes possible, le plus longtemps possible. Pour quelques-unes c'était de la pure coquetterie, mais la plupart savaient qu'elles devaient soigner leur image si elles voulaient être « crédibles ».

Même si tout le monde faisait semblant de penser qu'on embauchait sur des critères de compétences, chacun savait que l'apparence déterminait le recrutement.
Des études avaient été faites et des plus sérieuses, mais tout le monde jouait le jeu de l'autruche, sans vouloir comprendre qu'on avançait allègrement, sur la voie décadente.

Cela avait toujours existé, bien sûr ! L'apparence avait une influence et c'était tout à fait normal. Pourtant, le fait qu'elle soit un des premiers critères de sélection était quand même nouveau. Les spécialistes étaient unanimes, le changement s'était opéré en quatre ou cinq ans, pas plus.

La jeunesse faisait désormais partie de l'apparence obligatoire. Si on ne l'était plus, il fallait au moins le paraître.

On n'avait jamais fait tant appel aux coiffeurs, visagistes, chirurgiens en esthétique, qui déclaraient, quand on les interrogeait, ne jamais tant avoir travaillé pour l'image professionnelle de leurs clients. Les opticiens étaient, eux aussi, sollicités dans ce sens. Ils disaient vendre leurs montures, non plus exclusivement, en fonction des goûts, mais de l'impression que l'on voulait donner. C'est ainsi que certains avaient des lunettes différentes au bureau et chez eux. Certains autres, n'ayant aucun problème de vue, achetaient des lunettes à verres neutres, pour paraître plus sérieux par exemple.
Beaucoup investissaient leur temps sous les lampes des centres de bronzage pour avoir bonne mine, car cela devenait véritablement un investissement.
Selon les enquêtes réalisées, le phénomène touchait de plus en plus les hommes qui étaient obligés de soigner leur « look », autant que les femmes.
La profession de « coach-conseil en image » avait de l'avenir.

Il fallait être jeune, beau, à l'aise, sur de soi, si possible avoir la tête de l'emploi, avoir la tenue vestimentaire, non pas, adéquate, mais attendue, et avoir des diplômes.

Avoir des diplômes prouvait à tous que vous étiez intelligent. Votre niveau de compréhension, votre esprit d'analyse, vos compétences acquises n'avaient aucune importance, comme si ce bout de papier, que vous pouviez encadrer remplaçait allègrement des années de travail et donc d'expérience.

D'ailleurs, les étudiants apprenaient-ils à analyser, à comprendre ? Eux-mêmes en étaient conscients !
Les diplômes délivrés récompensaient la quantité de connaissances régurgitées plus que leur qualité.
Les étudiants n'y étaient pour rien, ou plutôt, le système les poussait dans ce sens.

Comprenait-on que le « diplômé » complétait parfaitement « l'expérimenté » ? On avait besoin de l'un ET de l'autre ?
Se rappelait-on que l'expérience du diplômé ne serait effective qu'après de nombreuses années de travail.
Savait-on que l'aîné avait besoin du cadet pour se remettre en question et que cette remise en question ne prendrait tout son sens qu'au moment de transmettre.

Les entreprises avaient tout intérêt à ne pas oublier tout cela, mais le plus souvent, elles ne le saisissaient pas tout de suite, et quand elles s'apercevaient qu'il manquait quelque chose, c'était un peu tard, elles avaient jeté « la vieille » ou le « vieux ».

Framboise s'informa alors de ce qui était arrivé à Maud, l'ancienne secrétaire, et comprit alors son recrutement auprès d'Angélique. « Dépression », voilà dans quel fourre-tout on classait le mal de nos nouvelles sociétés destructrices. Ce mot cachait tant de désespoirs, de déceptions, de dévalorisations, tant de remises en questions aussi, mais qui ne pouvaient pas toujours aboutir, tant la solitude était grande.

Elle n'avait pas été surprise d'apprendre aussi, que Maud avait « un fort » ou un « mauvais caractère » selon les sources.

« Réfléchissons…. » se disait Framboise.

« Il s'agit de développer une nouvelle agence dans le quartier. Cette agence est tenue par un homme jeune et diplômé depuis quelques années, et par son adjoint plus âgé, tous deux assistés d'une secrétaire.

La secrétaire tombe malade. Hasard ou provocation ? Nul ne le lui dirait.

Quoi qu'il en soit, c'est une chance extraordinaire de changer l'équipe. Il faut donc une jeune femme, diplômée de préférence, un peu aguichante, et même beaucoup, pourquoi pas ? Peu importe qu'elle soit belle, il faut qu'elle soit « sexy », pour la satisfaction de ses chefs et des clients masculins.

La société dispose d'une personne correspondant à ce « profil », que chacun juge « compétente », mais dont tout le monde connaît le peu d'efficacité.

Il faut quand même que le travail se fasse.

On embauche donc une deuxième personne, de façon temporaire, avec une expérience professionnelle certaine, ayant la réputation d'être travailleuse, qui ait tout de même une bonne présentation, et qui pourra faire le travail de deux personnes à moindre coût. »

L'association Angélique - Framboise marcha un moment.

Oui ! Tout alla bien jusqu'à ce qu'Angélique comprenne que cette agence était un filon pour elle.

C'est que, deux hommes tenant une petite agence éloignée du siège représentaient des proies faciles à manipuler pour une ….Euh ! « Séductrice » dirons-nous.

Les opposer ensuite, lorsque le temps serait venu de prendre la place de l'un d'eux, ne poserait aucun problème.

Pour cela, il fallait donc jouer différemment avec chacun d'eux.

Le choix fut vite fait. Il fallait prendre le responsable de l'agence, celui qui déciderait de son sort, comme cible favorite. C'était aussi le plus jeune. Il était célibataire et il serait aisé de lui faire croire qu'il avait une chance.

Il fallait, avec lui, jouer les femmes fragiles tout en incarnant la tentatrice. Angélique savait fort bien que les hommes n'aimaient pas les femmes qui avaient du caractère, elles leur faisaient peur.

Avec le deuxième, qui était d'un naturel protecteur, il fallait jouer les petites filles perdues avec des airs de poupées Barbie. Angélique savait que les hommes aimaient être des grands mâles indispensables à la sécurité du sexe dit faible.

Angélique n'avait pas beaucoup d'expérience dans le travail, mais elle connaissait certains domaines comme sa poche.

Pour le moment, il s'agissait de prendre la place de la personne qu'elle remplaçait.

Là aussi, ce serait facile, car on avait ajouté à l'équipe une imbécile, avec un drôle de prénom, qui faisait son travail plus une partie de celui d'Angélique, sans dire mot, sans se faire valoir, qui restait délibérément en retrait, et qui, en plus, mettait toute son énergie à améliorer les performances de l'agence.

Oui ! Il serait facile de s'approprier les initiatives de la « vieille » quand elles seraient bonnes, et le travail qu'elle ferait à sa place ! Discrètement, bien sûr !

Elles étaient installées toutes deux dans le même bureau, mais ce n'était pas un handicap, Framboise avait l'air de se moquer de tout cela.

Ce serait d'autant plus simple maintenant que les beaux jours arrivaient. Ils serviraient d'alibis aux tenues légères savamment mises en valeur.

Ah ! Chers décolletés, chers tissus transparents à la mode, chers sous-vêtements « sexy », chers jeans taille basse qui laissaient apparaître, dès que l'on était assise ou que l'on se baissait, un « string » tentateur. Quels précieux outils pour ces adorables ….Euh ! « Séductrices ».

Angélique portait souvent ce genre de jeans, … le plus bas possible, ce genre de dessous aussi ….le plus haut possible. Elle arborait des « tee-shirts » bien collants, …le plus collants possible, ….avec les décolletés ….le plus profonds possible, à fines bretelles, comme il se doit … le plus fines possible, un peu longues pour qu'elles puissent tomber élégamment sur l'épaule. Ces « tee-shirts » étaient aussi …les plus courts possible, de façon à dévoiler, de face, son ventre, dès qu'elle levait les bras de quelques centimètres, et qui ne gâcheraient pas, de dos, l'effet troublant de l'apparition de ses sous-vêtements dépassant de la ceinture de son pantalon lorsqu'elle « travaillait » assise à son bureau.

Cette position assise était d'ailleurs très particulière. Angélique ne s'appuyait pas contre le dossier de sa chaise, de façon à favoriser la vue plongeante qu'on pouvait avoir quand on passait derrière elle pour aller chercher un fax.

Sous prétexte de se tenir bien droite, elle se cambrait et prenait une allure, que Framboise ne pouvait pas s'empêcher de comparer à celle, si particulière, de ces gens qui souffrent de scoliose grave. Elle avait d'ailleurs cru, dans sa courte période d'innocence, qu'Angélique avait un vrai problème.

Aussi ridicule que puisse paraître cette posture, elle devenait, pour les messieurs qui entraient dans le bureau, une pose des plus évocatrices.

Framboise observait tout cela avec amusement. Elle avait l'impression d'assister à une pièce de théâtre.

Angélique était très grande et ne pouvait pas porter de talons, au risque de dépasser en taille, tous ces messieurs, ce qui aurait été, du plus mauvais goût.
Ne pouvant onduler des hanches comme les femmes qui en portaient, elle marchait sur la pointe des pieds en accentuant le mouvement et en se cambrant légèrement.

Framboise était admirative, jamais elle n'aurait réussi à marcher ainsi sans se casser la figure.

Elle retenait parfois des éclats de rire lorsqu'un des deux messieurs demandait un renseignement.

C'était qu'Angélique ne pouvait absolument pas répondre en interrogeant ses fichiers sur son propre ordinateur. Elle risquait de perdre de vue le travail qu'elle était en train d'effectuer. Elle était vraiment obligée de se déplacer et rejoignait vite le bureau du demandeur.

Savait-elle que l'icône « réduire » existait ? Framboise ne le sut jamais. Tout le monde avait l'air de l'ignorer dans ce bureau, dans ce cas précis, en tous les cas.

Elle passait alors devant lui - galanterie oblige - en se tortillant copieusement, toujours cambrée.

N'importe quel cerveau masculin n'aurait pu garder un fonctionnement normal. Une « confusion » envahissait alors ce pauvre cerveau, et c'est là que l'homme devenait un toutou hypnotisé suivant sa maîtresse. Il ne manquait que la laisse.

C'est à ce moment de la journée que les demandes de renseignements devenaient de plus en plus nombreuses, car l'intéressé ne pouvait plus réfléchir par lui-même.

Angélique montrait une disponibilité à toute épreuve, avec un sourire élargi, un sourire « vache qui rit » aurait dit une amie qui avait presque perdu sa place après l'embauche d'une de ces personnes dans son entreprise.

Framboise ne gênait pas Angélique. Au contraire, elle était même devenue un prétexte, un témoin gênant, justifiant le fait que les choses ne pussent aller plus loin. Il fallait rester une ….euh ! … « Séductrice » et pas autre chose. N'est-ce pas ?

Framboise était doublement intéressante pour Angélique. En effet, elle n'essayait pas d'entrer dans le moule du « tout apparence ». Au point de vue travail, elle faisait le maximum sans rien dire. Quand il fallait paraître, elle s'imposait le « minimum syndical ».

Elle se moquait bien d'être bronzée, elle n'allait pas chez le coiffeur et relevait ses cheveux pour ne pas être gênée dans ses tâches.
Elle essayait de s'habiller de façon seyante, mais à pas trop cher, mais surtout pas avec des vêtements qui feraient semblant d'en être et qui donneraient l'envie d'effeuiller la marguerite. Elle réservait cela à son amant.

Framboise choisissait de mettre son temps et son argent dans la lecture et Angélique certifiait avec un air dédaigneux qu'elle ne lisait jamais. C'était sans doute vrai, car Angélique pensait que les hommes préféraient les femmes superficielles. Elle avait sans doute raison.

Framboise ne mangeait que très peu, alors Angélique allait déjeuner avec ses supérieurs et se goinfrait pour donner l'apparence d'une bonne vivante, puisque, les hommes préféraient les bonnes vivantes. Ce n'était sans doute pas faux.

Framboise avait du mal à retenir les rires qui lui venaient quand l'après-midi, Angélique éructait ou qu'elle tombait de sommeil tant la digestion était difficile.

Il était aisé pour Angélique de faire remarquer les différences en les utilisant à son avantage.

Angélique utilisait les procédés mis en œuvre avec ses supérieurs pour séduire les clients masculins.

Lorsque l'un d'eux se trouvait seul dans le bureau des deux femmes, elle manœuvrait de façon à ce qu'il croie être le seul élu, puis jouait les petites filles effarouchées lorsqu'ils étaient plusieurs de manière à aiguiser la jalousie des uns et des autres.. Elle était alors l'objet de toutes leurs attentions.

Le nombre de contrats n'en augmentait pas pour autant. Le nombre de consultations nécessaires pour leur signature, lui, montait en flèche. C'était qu'il fallait faire durer le plaisir !

Framboise riait en acquiesçant lorsque qu'Angélique s'extasiait du succès qu'elle avait auprès des hommes.

Framboise s'était promis de lui expliquer, dès qu'elle en aurait le temps, la loi de cause à effet.

Parfois, pourtant, elle trouvait triste qu'une jeune femme de moins de trente ans ait besoin de tous ces artifices pour se prouver qu'elle pouvait être courtisée. Elle ne devait pas être très heureuse avec l'homme qui partageait sa vie. Elle n'avait pas parlé de son compagnon au chef d'agence. Il s'imaginerait ainsi, que tout était possible, mais l'adjoint connaissait son existence puisqu'il ne lui servait que d'accessoire.

Lorsqu'une question se posait, et à laquelle Angélique ne pouvait donner de réponses, Framboise était conviée à des « réunions» qui pouvaient alors, être qualifiées de « de travail ». La divine secrétaire était experte en potins, maquillage, dessous et fariboles. « On ne peut quand même pas tout connaître ! »

Malgré la présence de Framboise, notre séductrice n'en cessait pas son jeu et la scène devenait très comique. Elle se gardait bien de s'asseoir, se penchait, et s'appuyait sur le bureau, face à sa première victime consentante, les bras bien serrés contre sa poitrine de façon à dévoiler tous ses appâts, le dos creux et accentuant d'autres formes, offrant à sa deuxième victime une vue panoramique du reste de son anatomie.

Quand l'un d'eux devait consulter une information à l'écran, elle se postait, pour quelques explications, tout près de l'heureux volontaire, le plus près possible, et on pouvait constater, en quelques secondes, l'amélioration miraculeuse de la vue et de la compréhension du malheureux travailleur électrisé, perdu dans des pensées vagabondes.

Même si ce qu'elle expliquait ne dépassait pas le niveau des pâquerettes, même si tout ce qu'elle disait, n'était ignoré, ni des uns, ni des autres, il fallait bien reconnaître que la présence d'Angélique avait des vertus thérapeutiques. Il faudrait la béatifier.

Elle ne donnait pas son numéro de portable, suggérant qu'elle était indispensable, mais qu'elle souhaitait avoir la paix en dehors du bureau.

Il était vrai aussi qu'on n'aurait pu l'appeler que pour des broutilles, puisqu'elle était incapable d'aller plus loin que la simple copie.

Même le classement lui posait des problèmes, car elle ne comprenait pas ce qu'elle faisait.

Il lui aurait suffi de réfléchir et elle en était capable. Mais son cerveau n'était obnubilé que par une chose : séduire.

L'heure du repas était celle des grands émois. Elle assurait, dès qu'elle le pouvait, « qu'il ne fallait pas qu'elle mange trop, …qu'il fallait qu'elle mincisse », tout en se tortillant encore, suggérant des rondeurs prometteuses dans l'esprit déjà embrouillé de ces hommes, qui, à midi déjà, étaient devenus des mâles.

Il ne manquait que le battement de paupières, mais il n'était plus à la mode. De toute façon, il aurait été sans doute difficile de battre des paupières, et afficher en même temps, la lueur coquine de celle qui promet tout, mais qui ne donne jamais rien, par pure pudeur, évidemment.

C'était souvent à ce moment-là que les deux hommes s'intéressaient passionnément au cours hebdomadaire de gymnastique d'Angélique.

Elle ne perdait évidemment pas l'occasion de glisser quelques allusions suggestives, dans un sourire étiré, toutes dents dehors, un sourire qu'on aurait pu qualifier de niais si ces messieurs ne l'avaient trouvé ravageur.

Décidément, il fallait que Framboise achète un nouveau dictionnaire. Le sien n'était sans doute pas à jour. Les mots : intelligence, niaiserie, et surtout compétence avaient sans doute évolué de façon fulgurante.

C'est ainsi que ces messieurs ne purent bientôt plus se passer des « compétences » de leur secrétaire.

Ils ne se rendaient même plus compte que la confection d'un tableau ou la rédaction d'une lettre leur prenait trois fois plus de temps. Ils étaient obligés de les faire au brouillon, d'expliquer longuement, et avec une patience infinie, à la charmante demoiselle, ce qu'elle n'avait plus qu'à taper bêtement. Ils auraient gagné du temps en faisant tout eux-mêmes.

Ils ne voulaient plus s'apercevoir qu'ils ignoraient ou corrigeaient complaisamment ses nombreuses erreurs en la déclarant infaillible.

Ils ne voyaient plus qu'elle n'assumait que les tâches sans responsabilités ni initiatives, et la félicitaient de son implication dans son travail.

Ils ne souhaitaient plus comprendre comment elle pouvait s'attribuer le mérite d'un important travail qu'elle venait leur faire signer le soir, alors qu'elle avait passé de longues heures dans leurs bureaux. Quelle rapidité d'exécution ! Ils avaient trouvé une perle.

S'ils avaient su comme elle se moquait d'eux, avec ses anciens collègues, sans en avoir l'air bien sûr. Elle laissait toujours les autres tirer des déductions de ce qu'elle sous-entendait. Elle leur racontait des faits anodins, laissant des zones d'ombre où tout aurait pu être clair, de façon orientée, évidemment, laissant croire à chacun, qu'il avait jugé par lui-même.

Framboise ne disait rien et s'amusait beaucoup des observations qu'elle pouvait faire. Elle était dans un magnifique laboratoire pour apprendre la manipulation, la manipulation par la séduction. De plus, elle n'en avait que pour quelque temps et le travail en lui-même était intéressant. De toute façon, qu'aurait-elle dit ? Rien dans l'attitude d'Angélique n'était vraiment clair. Tout était supposé, insinué, soufflé, sans compter l'enthousiasme des malheureuses marionnettes.

Pourtant, peu à peu, Framboise commençait à se sentir mal à l'aise.
Sa charge de travail augmentait sans cesse, puisqu'Angélique minaudait de plus en plus ailleurs qu'à sa place.
L'agence était petite et, où qu'elle se trouvât, Framboise entendait toutes les conversations.
Tout ce cinéma l'amusait de moins en moins, cela devenait répétitif, mais ces messieurs ne s'en lassaient pas.

De plus, Framboise commençait à sentir un changement dans l'attitude de sa collègue et celle des deux gérants. Elle entendait de plus en plus de critiques sur Maud, l'ancienne secrétaire.

Avec un semblant d'habileté que Framboise aurait eu du mal à reproduire, Angélique commençait à ajouter, dans ses bavardages, des insinuations qui ne trompaient que les deux hommes déboussolés.

C'est ainsi que, par exemple – et Framboise aurait pu en raconter de nombreux autres de cet ordre - Maud appelait régulièrement avant d'envoyer un nouvel arrêt de travail, ce qui était, pour Framboise, une marque de correction de sa part.

Angélique se précipitait alors dans le bureau du responsable de l'agence, pour annoncer avec un plaisir dissimulé, le renouvellement de l'absence de la malheureuse.

Elle ajoutait quelques plaintes, quelques propos compatissants, glissait doucement que, « pourtant, elle avait l'air bien », puis trouvait de bonnes raisons à cette bonne santé apparente, des excuses que n'importe qui aurait trouvées idiotes, mais qui subitement, devenaient intelligentes.

Elle débitait tout ceci de façon à discréditer la malheureuse et accentuait ses inepties de mimiques boudeuses et d'attitudes affriolantes.

Elle repartait ensuite prenant un air affairé. Il était vrai qu'elle croulait sous la tâche qu'elle distribuait à Framboise.

Il était facile de deviner ce qui se passerait ensuite dans la tête bouillonnante de l'homme subjugué. Il en déduisait simplement qu'il avait une malade imaginaire occupant le poste de secrétaire titulaire et qu'il pourrait en avoir une, excellente, qui partirait quand « l'autre » reviendrait. Le pire était qu'il croyait, dur comme fer, que ces supputations venaient de lui, et de lui seul.

Angélique avait aussi commencé son travail de sape entre les deux hommes, qu'elle avait préparés, soigneusement et méthodiquement, à entrer en rivalité dès qu'elle le désirerait.

Pendant une période de congés du second, pendant laquelle le travail devait être moins important, le premier demanda à Angélique, compte tenu de son « efficacité » et de la possession de nombreux diplômes, d'accomplir quelques tâches exécutées d'habitude par son adjoint. On avait des ambitions pour elle.

Framboise avait pris quelques jours également, qu'elle passerait agréablement en famille.

Le retour fut des plus difficiles pour Framboise. C'était comme si le paysage avait changé. L'adjoint n'était pas rentré et le responsable ne parlait que de sa paresse. Maud était toujours malade et il n'était question que de son incompétence. La période devait être plus calme, mais il y avait un retard considérable.

C'était qu'Angélique n'avait pu répondre à certaines questions, mais c'était la faute de l'ancienne secrétaire qui n'avait pas fait son travail. Et pour cause pensait Framboise, elle était absente !

Angélique n'avait rien eu à faire en remplacement de l'adjoint, que faisait-il de ses journées ? Mais Framboise savait, comme tout un chacun dans cette agence, qu'il avait bouclé les dossiers importants avant de partir, et qu'Angélique était bien incapable de faire le reste.

Il y avait du retard dans le travail, mais Angélique clamait qu'elle s'était ennuyée à mourir pendant ces quelques jours.

Au moyen de quelques adroites insinuations, le buste « mis en valeur » pour altérer le jugement de son interlocuteur, elle laissait, au chef d'agence, le mérite d'en déduire que les absents étaient de peu d'utilité. Comment pouvait-il ignorer les contradictions des discours de la fausse ingénue ?

Il était pourtant évident que, s'il avait été seul à la tâche, émoustillé chaque minute, ayant des occasions, mais sans pouvoir rien obtenir….il ne pouvait y avoir que du retard.

Mais Angélique avait sans doute fait, ce qu'elle avait pu dans le travail, et était bien trop pudique pour le reste, puisqu'il ne lui reprochait rien, pas une seule seconde.

Le poste de secrétaire ne suffisait plus à Angélique, elle pouvait aller encore plus vite qu'elle ne le pensait.

Quand l'adjoint revint, tout avait changé pour lui. Le peu dont il s'aperçut, il le mit sur le compte de son supérieur hiérarchique.
Jamais il n'avait suspecté la manipulation dont il avait été l'objet.

Pas une seule minute, il n'avait deviné qui en était l'instigatrice. Angélique, non ! Elle si « gentille », si « compétente ».

C'était la semaine suivante qu'on avait demandé à Framboise de renouveler son contrat. Elle refusa. Travailler avec Angélique et tout son cinéma était très amusant trois mois, mais pas plus.

De plus, l'ambiance se dégraderait très vite, elle le sentait.

Angélique avait réussi son travail de dépréciation pour la secrétaire, et pour l'adjoint.

Le tour de Framboise viendrait très vite ! D'ailleurs, ce travail de sape avait déjà commencé, mais on avait encore besoin d'elle.

Rester devenait même dangereux. Le départ de Framboise était une fuite.
Framboise était intérimaire. Elle trouvait toujours du travail parce qu'on la connaissait, on savait qu'elle avait de l'expérience et qu'elle faisait son travail en y mettant toujours le meilleur d'elle-même. Une réputation était longue à construire. Elle pouvait être détruite très rapidement. Il fallait partir avant que la ...euh ! « Séductrice » établît un portrait-robot à sa convenance.

Elle devait faire un bilan de son passage très instructif dans cette agence.

Elle pensa d'abord être responsable de ce qui arrivait, mais elle ne l'était que partiellement.

C'était vrai ! Elle s'était tue depuis le début, avait assisté à tout cela en observateur seulement et s'en était amusée.

Elle avait laissé faire, mais s'il était peut-être facile de contrecarrer une attitude négative franche, il était moins aisé de dénoncer des manigances de ce genre.

Si elle avait exprimé sa pensée, personne n'aurait cru un mot de ce qu'elle aurait affirmé. D'ailleurs même si elle le racontait aujourd'hui, la croirait-on ? Sans doute pas.
C'est pour cela qu'elle continuait à se taire. Qu'aurait-elle pu dire sans qu'on la classe dans la catégorie des jalouses, ou de celles qui ont beaucoup d'imagination.

Il était inutile de penser que les aveugles pussent voir, surtout quand ils ne le voulaient pas.

Framboise le savait, certains comprendraient qui était Angélique, au fur et à mesure de ses « performances » et de la démonstration de ses « talents », mais bien sûr, elle aurait, d'ici là, fait beaucoup de dégâts.

Le poids de l'apparence n'était pas inconnu de Framboise. Cette petite aventure mettait seulement les choses au clair.

On n'évaluait pas votre travail, en fonction de ce que vous faisiez réellement, mais selon ce que vous saviez montrer, que ce soit un travail réellement fait ou pas, qu'il soit exécuté par vous ou par un autre. Il fallait étaler la confiture le plus possible. Une « séductrice » faisait encore mieux, elle jouait exclusivement sur l'argument de la « chair », si faible, il fallait le reconnaître.

Cette fois-ci, elle était décidée, elle s'investirait moins, et soignerait son apparence. C'était maintenant une question de survie.

Framboise avait déjà rencontré ce genre de situations, elle n'y avait pas attaché d'importance.

Les «séductrices » existaient et avaient toujours existé !

Pourtant, quelque chose avait changé.

Le phénomène était désormais perçu comme la normalité et les « séductrices » s'affichaient ouvertement en tant que telles. Il valait mieux manquer d'intelligence en se dandinant avec un profond décolleté, que faire du bon travail chemisier fermé.

Une autre chose avait changé !

C'est que ces messieurs se contentaient de sous-entendus et ne se lassaient pas d'attendre. On pouvait les émoustiller sans ne jamais rien leur donner.

Constater comment une personne dotée d'une intelligence limitée, uniquement tournée vers le même

« sujet », « sujet » indispensable à sa réussite sociale, pouvait transformer d'autres personnes, ayant une intelligence normale, jusqu'à les pousser à un comportement que l'on pouvait qualifier d'animal, était décourageant.

Framboise avait beaucoup d'amitié pour ces deux hommes, et son amitié ne faillirait pas, même après son départ Ils avaient de grandes qualités, des qualités humaines que l'on voit, malheureusement rarement.

Ce comportement animal était intrinsèquement biologique, mais n'en demeurait pas, pour autant, dangereux.

Dans ce cas précis, par exemple, Framboise avait cru pendant longtemps que l'aveuglement des deux hommes était total.
Elle avait pu malheureusement constater, lorsqu'ils avaient insisté pour qu'elle accepte ce contrat, comment ils se rendaient compte, qu'Angélique était incapable d'assumer sa charge de travail, qui n'était pourtant que celle du secrétariat, puisque la mission assignée à Framboise était accomplie. Ils étaient prêts à sacrifier à beaucoup d'eux-mêmes pour profiter encore des attraits de la demoiselle.

Pourtant, ils ne se rendraient jamais vraiment compte de la manipulation dont ils avaient été l'objet. Ils ne comprendraient jamais, comment le départ de

Framboise sauvait leur position et celle de l'ancienne secrétaire.

Les personnes comme Angélique se retournaient toujours contre leurs bienfaiteurs. Elles étaient comme des chenilles se nourrissant d'un fruit qui finissait par pourrir et contaminer les autres. Ces chenilles-là ne donnaient jamais de beaux papillons et avaient besoin de toujours plus, semant la destruction.

Vraiment, les gens devaient se sentir bien seuls pour tout donner à ceux qui les frapperaient ensuite.

Quand on vous respectait vraiment, on ne vous demandait rien. Mais les séducteurs étaient habiles à vous faire croire que vous étiez à l'origine de la proposition.

C'était certain, Angélique, avec « ses moyens détournés », irait plus haut que beaucoup d'autres, et cela, c'était son affaire.

Il était pourtant effrayant de penser que nous pouvions être menés, dirigés par ce genre de personnes. Ceci était d'autant plus effrayant que les ….euh ! « Séductrices » étaient de plus en plus nombreuses.

Il fallait bien reconnaître que la méthode « séduction » étant plus efficace que la démonstration par le travail. Les postes d' « autorité » étant occupés, en majorité, par des hommes, la méthode faisait des émules.

Elles étaient, c'est évident, en majorité, moins tordues et moins provocantes qu'Angélique.

Si ces cas, basés uniquement sur le sexe étaient les plus fréquents, il pouvait en exister d'autres. La séduction se révélait alors dans le copinage, les semblants d'affinité, les complicités simulées qui pouvaient devenir autant d'armes efficaces pour obtenir les mêmes résultats.

Framboise pensait à ces femmes qui s'étaient battues, et luttaient encore, pour avoir des droits, pour que les femmes ne soient plus que des « sex-symbols ».
Elle pensait à ces femmes qui s'étaient hissées à la tête d'entreprises, à celles aussi qui, se lançant dans la politique, étaient arrivées si durement, aux plus hautes marches.
Elle imaginait ces femmes, dans des pays pas si lointains, qui risquaient leurs vies pour obtenir le droit d'exister.

Comment comprendre que certaines gâchent leurs luttes pour quelques billets de plus à la fin du mois.

On n'appelait pas cela « prostitution » parce que rien ne se passait dans la rue ni dans des bouges infâmes.

Cela ne s'appelait pas « prostitution » parce qu'il n'y avait pas toujours d'acte final, parce qu'on n'allait pas jusqu'au bout. Ce n'était plus nécessaire.

Cela ne s'appelait pas « prostitution » parce que ce n'était pas un métier, cela servait la profession. Pourtant, cela y ressemblait fort.

Parfois, il fallait admettre son impuissance.

Une autre mission attendait Framboise, qui rencontrerait-elle maintenant ?

Jour après jour, elle se rendait compte, qu'à travers toutes les situations auxquelles elle était confrontée, elle décortiquait son mode de fonctionnement, elle se rencontrait elle-même.

Marmelade de cœur de Framboise.

Framboise avait signé un nouvel engagement et elle ne savait pas encore combien elle apprendrait d'elle-même à ce nouveau poste.

Elle avait cependant vite compris qu'il ne fallait pas contrarier Dorothée qui travaillait en face d'elle. Son mari avait un poste de direction dans une grande entreprise, et il fallait la ménager.

Dorothée n'avait pourtant rien demandé, son mari n'était pas intervenu, cela n'était pas du tout nécessaire. Les gens qui lui faisaient la cour le faisaient d'eux-mêmes, cela pouvait servir, et même si cela ne servait jamais, les gens se rengorgeaient toujours de connaître quelqu'un « d'important » dans notre société.
Il fallait vraiment peu de chose pour gonfler leur ego.

Chez certains et même la plupart, l'ego pouvait être comparé à un ballon de baudruche prêt à prendre son envol. Quelquefois, Framboise imaginait la forme que prendrait ce ballon en fonction de chaque personnalité. Framboise s'amusait de petits riens.

Son esprit prenait soudain le large dans un sourire ébauché. Elle se voyait vendant des ballons dans une fête foraine, offrant à chacun, une forme différente contre une pièce de monnaie.

Pour l'un ce serait un monstre, pour un autre un chien méchant, pour celui-ci un cochon rose, pour celui-là une girouette. Mais il y aurait aussi, de beaux magiciens et de jolies fées.

Quel ballon donnerait-elle à Dorothée ? Peut-être, lui offrirait-elle, celui dont la forme se rapprocherait de ces personnages de dessins animés, durs, secs, revêches, qui regardaient les autres du haut de leur position sociale qu'ils croyaient éternelle, et qui, cambrés, redressaient la tête dans un mouvement hautain et condescendant. Mais non ! Ce n'était pas encore cela, car Dorothée pouvait correspondre à cette image quelques fois, mais Framboise sentait aussi en elle, une simplicité réprimée, la nécessité de se conformer à une image. Framboise devait bien avouer qu'elle ne saurait pas quel ballon lui donner.

Quel ballon obtiendrait-elle, elle-même ? Car il fallait rire de soi-même aussi ! Elle s'offrirait un gros clown ridicule à force d'être idéaliste. Non ! Don Quichotte, Don Quichotte lui conviendrait beaucoup mieux.

Dorothée était grande et maigre et se tenait bien droite. Elle arborait toujours un sourire élargi pour être certaine qu'on ne pourrait la juger que d'un abord agréable. C'était un sourire tellement étiré, qu'il n'en était plus vraiment un, et qu'il était inévitable que l'on comprit, que même si on voyait toutes ses dents, la mimique ne

manifestait pas la satisfaction de vous rencontrer, mais l'honneur qu'elle vous faisait en vous saluant.
Son regard bleu n'en était pas tout à fait un. C'était plutôt une fenêtre fermée par un rideau, sur lequel était peinte, l'image que l'on voulait donner d'un intérieur.

Elle était toujours vêtue de façon simple, avec un minimum d'élégance, sans recherche, ni tape à l'œil. Cette simplicité était peut-être sincère, mais pouvait être aussi calculée. Existait-il quelque chose de clair et de simple dans notre société ? C'était sans doute encore un jeu du paraître. Peut-être était-ce une façon de simuler la volonté de ne pas se faire remarquer, en se fondant dans la masse prolétaire, fait exemplaire pour quelqu'un de sa « condition ».

Dorothée sortait beaucoup et aimait donner son point de vue, qui n'était pas vraiment le sien. Elle téléphonait pour cela à un collègue d'un autre service, attendait que Framboise fût présente dans le bureau pour entendre leur conversation, mais ne s'adressait jamais à Framboise pour ce genre de choses.

C'est que Framboise aurait pu exprimer une vue personnelle et Dorothée n'avait pas l'habitude d'en faire autant.
Et puis, Framboise, faisait partie du bas de l'échelle sociale. Il fallait rester à sa place ! La Frantonie était un

pays de classes, que l'on n'avait pas su, ou pas voulu détruire.

Un changement se profilait pourtant à l'horizon. L'échelle avait disparu. Les décideurs auraient bien aimé diviser la population en deux catégories : la haute classe, et la basse. Cette notion était même entrée dans le discours politique.

Tout se jouait donc dans la classe moyenne, qui officiellement n'existait plus. C'était très intéressant.

Dans cette partie de la population, un grand nombre de personnes avaient des revenus qui leur permettaient de vivre confortablement, mais étaient de plus en plus obligées de calculer, de compter, pour garder le même niveau de vie. Ces gens-là se sentaient tirés vers le bas et s'inquiétaient de la situation économique.

Les autres, à l'aise dans leurs situations bien établies, ne doutaient aucunement d'appartenir à la classe du haut ; au moins, y parviendraient-ils dans un avenir proche.

Ceux-là croyaient avoir le choix, mais si chacun de ses membres voulait garder sa position, il n'y avait plus qu'à se conformer à ce que la haute classe voulait obtenir. Cette catégorie de frantoniens, heureusement les moins nombreux, était composée de marionnettes consentantes, comme Dorothée.

C'était en haut que l'on gouvernait, décidait, mais seulement pour les comptes en banque personnels, les notoriétés à préserver, pour le pouvoir, pour l'obtenir ou le garder.

Framboise récapitulait et dessinait une caricature de cette société, car c'était là, une caricature puisque beaucoup échappaient à la règle. « Dieu merci » pensait-elle en levant les yeux au ciel !

«Voyons, voyons ….

Les gens d'en haut, même s'ils ne sont qu'un tout petit nombre, se manipulent les uns les autres, simulent des dissensions, qui ne sont, en fait, que des conflits d'intérêts, chacun essayant d'obtenir le pouvoir.

Ils manipulent les membres de la classe moyenne aisée, qui en obtiennent une certaine sécurité, par des promesses, des invitations, des jeux et des insinuations, qui émoustillent et qui divisent, qui laissent supposer l'ouverture des portes de la classe du haut.

Ils parviennent ainsi à occuper ces messieurs dames, à « avoir l'air », et même quand « leurs pantins » œuvrent dans des associations caritatives, ils ne peuvent jamais être vraiment eux-mêmes. Chacun est tellement persuadé qu'il est le prochain élu de la classe supérieure, qu'il n'a que mépris pour les gens d'en bas.

Ils manipulent aussi la classe moyenne moins aisée en lui demandant de plus en plus de sacrifices, de plus en plus de concessions, l'adhésion totale aux normes de l'apparence et du profit, avec la menace permanente et suggérée de la chute vers la classe du bas.

Ils manipulent évidemment, les gens du bas en utilisant leurs problèmes à des fins électorales.

Les gens d'en bas essaient alors de s'exprimer. Ils ont, en fait, très peu le droit à la parole. On fait seulement semblant de la leur donner, puis on choisit pour eux, ce qui, il parait, va améliorer leur vie, avec des mesures légales qui serviront encore les plus aisés.

Comme ils n'ont rien obtenu par le vote, une canaille succédant à une autre, ils se désintéressent de tout et tentent de survivre. Ils se conforment à l'image qu'il faut avoir par lassitude ou pour exister, pour se prouver qu'ils font encore partie de ce monde. »

Donc, ….Dorothée, ….en bon exemple de la classe moyenne qui croit appartenir à la haute classe donnait « son » point de vue.

Avec des airs supérieurs, de larges gestes de ses mains ornées de bagues à tous les doigts, une mimique de la bouche censée exprimer une aisance à penser, avec un enthousiasme étudié dans la voix, suivi d'arrêts correspondants aux instants de réflexion qu'il était logique de respecter, elle débitait les commentaires des critiques, qu'elle mélangeait parfois pour donner plus de vérité à son propos.

Parfois, des hésitations dans les mots, un mouvement inconscient de son pouce se glissant sous son annulaire gauche, comme pour vérifier que l'anneau qui s'y trouvait depuis des années n'avait pas disparu, laissait deviner que ce point de vue était celui de son mari. Elle simulait parfois un désaccord avec cet époux par lequel elle existait, en forçant le trait, pour gonfler son importance.

Il fallait paraître indépendant. Pourtant, sans lui, elle n'était rien. Enfin ! C'est ce qu'elle croyait. Toute son énergie, toute son intelligence étaient investies dans l'art de le garder. Elle étudiait tous les moments qu'elle pourrait passer avec lui, en laissant croire qu'il était normal de profiter de tous les instants. Elle lui imposait une présence, dès que cela lui était possible, de façon à limiter au maximum l'opportunité d'une rencontre dangereuse. Elle ne le lâchait jamais et Framboise voyait bien qu'elle vivait dans la terreur de le perdre.

Dorothée faisait aussi de grands voyages comme il se doit pour montrer son aisance pécuniaire et son ouverture au monde. Elle revenait souvent déçue, et surtout pleine de jugement, enfermée dans la croyance de la justesse des valeurs frantoniennes. Ces voyages lui faisaient pourtant le plus grand bien, ou plutôt, faisaient le plus grand bien à son ego. Elle revenait avec la certitude d'avoir réussi sa vie, d'être au-dessus de la mêlée. Elle était persuadée qu'elle avait su prendre son avenir en main.

Framboise ne comprenait pas pourquoi Dorothée s'obstinait à visiter des pays en voie de développement, mais comment aurait-elle pu se persuader de sa supériorité ? Elle n'avait pas le choix, et cela la faisait souffrir.

Parfois elle semblait se souvenir de l'aléatoire de la vie, de la naissance et même des événements. Mais cela ne représentait que de brefs éclairs de lucidité dans la tempête obscure de la peur de l'insécurité.

Elle vivait constamment dans la peur des malheurs qui pourraient lui arriver, la crainte de ce qui pourrait lui être enlevé.

Ainsi, il n'y avait pas de place pour l'imprévu dans sa vie, même si elle voulait parfois le prouver par certaines de ses actions, tout suivait un chemin bien tracé. Les imprévus étaient dérisoires et ceux affichés avaient des accents de programmation. Elle rejetait toutes ces peurs au plus profond de son inconscient en essayant de se persuader qu'elle méritait ce qu'elle possédait.

C'était pour cela que Dorothée aimait la présence de Framboise auprès d'elle. Elle n'appréciait pas vraiment Framboise. Pour elle, ce n'était qu'une pauvre fille, qui n'avait fait que les mauvais choix, et qui continuait encore à se tromper, une malheureuse, assaillie par quantité d'événements durs et souvent graves. Pour Dorothée, c'était une conséquence logique d'un idéalisme immodéré. Framboise était l'image même de l'échec social. La réussite de Dorothée n'en était que plus visible, tout en donnant l'apparence d'une ouverture d'esprit, une ouverture aux autres, et l'exemple flagrant de son adhésion aux nouvelles idées de mixité sociale.

Bien que Framboise ait beaucoup souffert, elle avait appris de la douleur, de l'échec, des privations. Chaque instant de sa vie était savouré comme le dernier et n'était pourtant pas pollué par la peur.
Elle n'était pas vraiment idéaliste, mais gardait, contre vents et marées, un optimisme forcené. C'était cet optimisme qui l'avait maintes fois sauvé de la chute.

Aussi éprouvait-elle beaucoup de compassion pour Dorothée. Depuis toujours Dorothée vivait dans la souffrance, car la peur est une souffrance, dans l'ignorance de la vérité de ses propres actes, et cette ignorance était, le plus souvent le fruit d'une privation volontaire.
Framboise sentait en Dorothée une âme droite et une grande gentillesse. Elle était loin d'être stupide, mais utilisait toute son intelligence à entretenir un sentiment de sécurité, à soigner une image conforme à l'air du temps. Elle s'enfermait dans une prison dorée.

Même si cela restait inconscient, elle souffrait de ne pas être aimée pour ce qu'elle était vraiment, alors que tous ses actes étaient des reniements à sa vraie nature. Elle ne comprenait pas que pour être aimé il fallait beaucoup donner de soi, et beaucoup gaspiller aussi. Oui, il fallait gaspiller beaucoup d'amour pour en avoir un peu. Le comprenait-elle quand elle donnait du temps à une association. Était-ce de la générosité ? Cherchait-elle à combler son ennui, ou voulait-elle montrer qu'elle était une grande dame ?

Framboise savait depuis toujours qu'aimer était beaucoup plus important que d'être aimé.

Elle avait cependant de l'affection pour cette collègue qui ne connaîtrait peut-être jamais l'étendue de ses richesses intérieures et cela aussi c'était du gaspillage, pour Dorothée comme pour les autres. Tant pis !

Framboise avait d'autant plus de compassion pour Dorothée qu'il était très difficile pour elle de s'évader de cette prison.

Les responsables de l'entreprise entretenaient son sentiment d'être sur la bonne voie, par une considération obséquieuse qui frisait le ridicule. Ils en devenaient très impolis avec Framboise qui observait cela avec un regard amusé. C'était ainsi que, ne sachant comment montrer leurs respects à Dorothée, ils se contentaient d'une attitude irrespectueuse, approchant parfois la grossièreté, envers

Framboise. L'un deux, par exemple, s'asseyait sur le coin du bureau de Framboise, en lui tournant le dos pour bavarder avec Dorothée, de tout ce que, croyait-il, ne pouvait évidemment pas connaître Framboise.

Dorothée avait donc des circonstances atténuantes, mais elle n'avait jamais dit non. Si dire non était difficile, elle était en bonne position pour le faire.

Elle se sentait flattée de cette exclusion qu'elle prenait pour une mise en valeur de sa propre personne. Elle pensait leurrer tout le monde, alors qu'elle ne trompait qu'elle-même. Il était tellement agréable de se sentir élevé, même si, pour cela, il fallait abaisser les autres.

Framboise et Dorothée pouvaient prononcer les mêmes mots, la signification que chacune leur donnait était différente. Dorothée restait désespérément accrochée à la matière, et encore, une matière toute proche.

Dorothée avait oublié depuis longtemps ce que voulait dire « sincérité ». Elle aurait pu l'expliquer avec des mots, mais son cœur ne saurait peut-être jamais la profondeur qu'elle suggère.

L'acceptation n'était pour elle que passivité stérile. Dans son cerveau étriqué, tout était simple, les gens pauvres n'avaient qu'à travailler, ils n'avaient qu'à se conformer, faire semblant, accepter le formatage, comme elle.

Que savait-elle de la pauvreté ? Elle n'était pour elle qu'une image, l'image des gens qui n'ont pas su se débrouiller.

Que pouvait-elle dire de l'humilité. Être humble était, pour elle, faire semblant de ne pas être, ce qu'elle s'acharnait à paraître.

Peut-être, Dorothée se saurait-elle jamais ce qu'était la conscience profonde de se savoir un fétu de paille, un microbe dans l'univers, une poussière minuscule. Car il ne s'agissait pas de le comprendre intellectuellement. Chacun pouvait dire qu'il en avait conscience. Non ! La vraie conscience donnait une liberté formidable. C'était une puissance, mais pas une puissance humaine. C'était un quelque chose venant de l'intérieur, qui grandissait en vous, puis vous dépassait.

La véritable conscience n'était pas qu'un mot, ou le résultat d'une réflexion, c'était un état.

Bien que l'attitude de Dorothée ne soit pas calculée pour blesser Framboise, mais pour se hausser sur une estrade inaccessible autrement, les coups étaient durs à encaisser. Framboise avait une tendance naturelle à se dévaloriser, et le peu de considération qu'elle avait d'elle-même commençait à disparaître.

Elle se sentait engluée dans une marmelade qui l'engloutissait souvent et dont elle émergeait parfois. Elle était partagée entre l'amitié qu'elle portait tout naturellement à Dorothée et le rejet irrépressible qui l'envahissait souvent devant la comédie qui se jouait devant elle, en permanence.

Framboise analysait et comprenait maintenant que, ce qui la rapprochait de Dorothée était leur sentiment respectif de dévalorisation.

Au fond d'elle-même, Dorothée savait qu'il n'y avait pas de supériorité, mais essayait seulement de s'en persuader.

En fait, il y avait deux catégories de personnes qui vivaient dans la dévalorisation.

Les premières essayaient à tout prix de se prouver, et de prouver aux autres qu'elles étaient au-dessus de la mêlée. Elles ne vivaient que par le regard de l'autre.

Cette catégorie était en général représentée par des personnes ayant réussi leur vie matérielle. Elles étalaient cette réussite en essayant d'oublier que la vie, à un moment ou à un autre, les avait favorisées. Elles s'étaient donné aussi les moyens de cette réussite, mais en se conformant à toutes les normes.

Il leur manquait cependant quelque chose, un quelque chose d'intérieur qui semblait leur souffler à l'oreille : « tu as réussi ! Bien ! Et alors ? »

Alors, elles essayaient de chasser cette petite voix et se rehaussaient davantage. Et quoi de plus facile que d'utiliser le sentiment de dévalorisation de la deuxième catégorie !

Les personnes appartenant à la deuxième catégorie s'attachaient peu aux biens matériels et c'était d'ailleurs pour cette raison qu'elles ne les obtenaient pas.

Elles se posaient les questions intérieures et se trouvaient enrichies de ces connaissances. Elles aussi partiraient en laissant leurs enveloppes de chair et leurs biens terrestres, mais peut-être, devinaient-elles qu'elles voyageraient avec les acquis de la progression de leur ouverture à la conscience.

Pourtant, elles ne pouvaient évidemment pas, ne pas se comparer aux autres qui les regardaient du haut de leur réussite sociale, leur rappelant les normes établies.

Elles se sentaient alors, encore plus petites, espéraient disparaître et ne pas être remarquées. Elles essayaient désespérément de passer inaperçues. Elles savaient, au plus profond d'elles-mêmes, qu'elles existaient autrement que par le regard de l'autre, mais ne pouvaient y échapper. Elles comprenaient qu'il fallait devenir comme les autres, mais ne pouvaient s'y astreindre. Comme il fallait bien vivre en société, elles étaient des proies faciles pour la première catégorie.

Oui, même dans la dévalorisation, chaque être avait besoin d'exister, de sentir sa relative importance, à ses propres yeux et aux yeux des autres. Tout ceci entraînait ce comportement paradoxal. L'un était formaté, mais essayait de sortir du lot, l'autre refusait le formatage et essayait de se noyer dans la masse.

C'était tout simple en vérité…

Maintenant Framboise pouvait partir le cœur léger.

Elle avait déjà vécu des situations semblables, mais elles se reproduisaient ainsi parce qu'elle n'avait pas réussi à en tirer les bonnes conclusions.

« Maintenant », se disait-elle, « je ne provoquerai plus de situations semblables ….enfin ! J'essaierai ! ».

Elle saisissait, à ce moment même, comment chacun de nous pouvait influencer inconsciemment le comportement des autres.
Les événements n'étaient que projections de nos propres pensées.

Elle termina son contrat et sut qu'elle reviendrait avec plaisir.

Elle savait aussi que ses visites seraient celles de la courtoisie, car les situations élucidées ne se renouvelaient pas. Quand elles l'étaient seulement en partie, elles revenaient sous un autre aspect ou se produisaient avec d'autres personnes.

D'autres personnes ? Tiens ! Justement ! Et elle avait appelé l'agence qui lui avait laissé un message pour un autre poste.

Nappage de cœur
de Framboise.

Framboise avait accepté un contrat très différent de ceux qu'elle signait d'habitude ; une embauche et une sortie à heure fixe, des congés à prendre et non payés comme le pratiquait d'ordinaire la société d'intérim. Il y avait, en plus, beaucoup de trajets, et le contrat n'était pas très avantageux. Le salaire n'était pas très élevé, mais il était justifié, dans l'offre d'emploi, par le peu de qualification qu'il était nécessaire d'avoir pour assumer la tâche. Elle s'était quand même décidée, car les dates de contrat lui permettaient de maintenir le voyage qu'elle avait projeté de faire pour rendre visite à Sandra, en stage en Anglonie.

A son arrivée, les dates n'étaient plus les mêmes, elle avait alors refusé le contrat sous sa nouvelle forme, et signé un contrat plus court. « Prudence ! » pensait Framboise.

Le premier jour, elle s'était installée au seul bureau qui était libre et avait commencé à enregistrer les chèques des clients. Elle ne connaissait pas du tout ce logiciel comptable, et d'ailleurs, son contrat ne prévoyait pas son utilisation.

Après une brève explication, qu'on aurait plutôt pu nommer directives, on la laissa se débrouiller. En effet, on ne pouvait qualifier les informations qu'on lui avait données, d'explications, puisque celles-ci ne consistaient qu'en ces simples termes : « tu appuies là », « tu fais entrer », « tu passes à telle case », etc. La personne chargée de sa « formation » comprenait-elle elle-même ce qu'elle faisait ? Mystère ! Heureusement, Framboise avait l'habitude de passer d'un logiciel à l'autre.

Encore un bureau « Merlin l'enchanteur » pensait Framboise. Il fallait se méfier. Il y avait, parmi les employeurs, des gens tout à fait honnêtes, mais il y avait aussi, tous ceux qui essayaient de vous exploiter le plus possible, et qui vous reprochaient, en plus, de ne pas en faire assez.

Plus tard, elle avait fait du classement, beaucoup de classement, mais cela était prévu au contrat. Personne n'aimait cette tâche, et Framboise, pas plus qu'une autre. Comme il fallait bien s'y astreindre, elle préférait imaginer son utilité et oublier son côté rébarbatif. Après tout, peu importait. Il valait mieux être aussi philosophe que le renard de la fable devant le raisin. Elle attendait ses vacances avec impatience.

Framboise observait son nouvel environnement avec intérêt.

La première chose visible était que personne ne faisait jamais rien à fond.

La règle était la suivante : tout le monde devait être capable d'assumer n'importe quel travail. Cela aurait pu être parfait si une tâche particulière avait été, quand même, assignée à chacun Ce n'était pas le cas. Tout le monde touchait à tout, faisait ce qu'il savait faire, et ne demandait rien à personne.

C'était sans doute parce que demander, c'était avoir l'air bête. Et il ne fallait surtout pas avoir l'air bête !

Le résultat était inévitable, rien n'était, ni fait, ni à faire. Tout était commencé, rien n'était fini.

On notait beaucoup d'erreurs et de différences comptables, qu'il était très difficile de retrouver, puisque les pièces comptables étaient en partie émargées, en partie passées, en partie classées, en partie ...tout quoi...!!
On ne pouvait jamais savoir qui avait fait quoi, puisque, quand une erreur était constatée, personne n'y avait vraiment touché. Cela devenait l'affaire de tous quand tout était juste.

N'importe quel cerveau, un brin sensé, aurait remis de l'ordre et réorganisé le service. Et bien non ! Le cerveau chargé de l'organisation avait trouvé une solution géniale. Une personne avait été désignée, officiellement pour vérifier les écritures, officieusement pour les rétablir, après avoir retrouvé les anomalies. Cette personne devenait ainsi responsable de tous les manquements des autres. D'ailleurs, on pouvait voir son écriture partout, et il devenait facile de la rendre coupable de ce qu'elle n'avait pas vu. La victime, car il s'agissait bien d'une victime, avait été vite choisie. C'était celle qui partirait prochainement et dont on appréciait peu le franc parlé.

Framboise l'entendait pousser des soupirs désespérés, mais ne pouvait que compatir en silence.

On aurait pu penser qu'on voulait la faire craquer, mais Framboise pensait plutôt à cette peur de la culpabilité, lovée en l'homme depuis toujours. De tout temps l'humain avait eu besoin de boucs émissaires, d'agneaux immolés, des agneaux qui n'étaient pas toujours si tendres que cela d'ailleurs.

C'était vraiment une riche idée qu'avait eu le manager ! Bien sûr ! Le travail n'était toujours pas fait correctement. Évidemment ! Les comptes étaient rétablis, tant bien que mal, et avec du retard, mais il avait la paix ; et il n'est rien de plus agréable, pour quelqu'un qui n'aime pas gérer le personnel, que d'avoir la paix. Gérer le personnel faisait pourtant partie de son travail !

Il est vrai, aussi, que le plus sûr moyen de monter en grade, ou d'attendre patiemment la fin de sa carrière est de

ne pas trop faire parler de soi, de ne pas faire de vagues, d'avoir l'air de profiter de l'estime de ses subalternes.
Imposer aux employés, une rigueur, une méthode, des règles à suivre, donne la certitude de se les mettre à dos. C'est aussi une attitude d'un autre temps, un temps où les responsables étaient …….responsables. La chose était rare désormais.

Le soir, quand Framboise rentrait chez elle et qu'elle écoutait la radio, elle entendait parler de licenciements décidés pour améliorer la compétitivité des entreprises.

Framboise avait remarqué que les sociétés commençaient toutes par le bas. Elle se demandait parfois s'il n'aurait pas été utile de débuter par le haut. On entendait parler de « dégraissage ». Cela avait l'air sauvage au premier abord, mais cela avait le mérite d'être direct. On parlait aussi de réorganisations, de restructurations. Elles sentaient bon l'étude préalable, réelle parfois, factice souvent. Elles supposaient le sacrifice obligatoire à la dure loi du marché. Les licenciements qui en découlaient étaient ainsi plus décents, plus discrets, mais le résultat était le même.

On mettait à la rue des centaines d'employés pour améliorer la rentabilité des entreprises. C'était sans doute parfois inévitable pour certaines d'entre elles.

Il était pourtant choquant de constater que, les licenciements, massifs ou pas, s'accompagnaient parfois de l'augmentation de salaire, déjà exorbitant, des PDG de ces mêmes entreprises. Évidemment, il fallait leur être reconnaissant de leur efficacité et de leur courage pour avoir pris des mesures aussi douloureuses. Certes, il était normal qu'un PDG gagnât beaucoup plus qu'un simple employé. Pourtant, Framboise avait calculé que chacun d'eux gagnait autant en un mois, que l'ouvrier sacrifié, dans toute une vie de travail, parfois même plusieurs.

Pauvres PDG, ils n'avaient plus qu'à aller se libérer de leur stress et de leur culpabilité, dans une de leurs maisons secondaires d'une surface habitable à donner le vertige à un smicard, avec piscine et terrain de golf. Certains préféraient s'éloigner des terres dans un de leurs yachts somptueux.
Ils se rassureraient ensuite en pensant avoir fait le « bien » des actionnaires, ou plutôt de leur porte-monnaie, ces mêmes actionnaires qui avaient voté leur augmentation.

Certains PDG pouvaient être « remerciés ». Ils l'étaient pour des fautes graves de choix de gestion. Ils partaient ensuite avec des sommes fabuleuses qui les mettaient, eux et leurs familles, à l'abri de tout « besoin » pour des décennies. On en venait même à se demander s'ils n'avaient pas intérêt à tout faire pour en arriver à ce résultat. Oh ! Bien sûr ! Il y avait la déchéance ! Elle était vite en partie oubliée. « La victime » écrivait alors un livre dans lequel elle se justifiait, un livre qui n'avait aucun mal à trouver un éditeur, et qui se vendrait à des milliers d'exemplaires, soutenu par la publicité que lui ferait cet éditeur, et celle des distributeurs dirigés par d'anciens camarades de classe.

Framboise sortit de sa rêverie. Une collègue l'interpellait.

« Ici non plus, on ne commencera pas par le haut ! » pensa-t-elle.

Framboise continuait son observation. Comme dans beaucoup de bureaux l'apparence avait une importance. Ces situations étaient de plus en plus fréquentes. Il s'engageait souvent une compétition. On aimait les apparences ! On y mettait tout son zèle !

Combien de temps tiendrait l'entreprise ?

Il aurait pourtant suffi d'une bonne répartition des tâches, mais tout le monde était bien trop occupé à se complaire dans la simulation de la compétence, le semblant de solidarité, les allures d'entente cordiale.

On s'appelait par son prénom avec des grands sourires, devant. Le petit nom devenait « la mère machin » dans son dos.
On se tutoyait presque, puis on se reprenait pour simuler une fausse réserve, après avoir suggéré une possible complicité.
On prenait des airs affairés, mais tout le monde avait le temps de tout faire.

On avait des allures responsables, mais c'était à qui se défilerait le premier.

On parlait sur le ton de qui sait tout, le cou étiré, la tête bien haute, pour ne pas montrer qu'on n'en connaissait que le minimum.

On vous parlait avec condescendance avec des mouvements qui se voulaient distingués, et de la gentillesse forcée dans la voix, pour vous faire comprendre que vous aviez de la chance de profiter de l'ouverture d'esprit de certains, tout cela cachant une étroitesse de point de vue.

On se disait affligés de tous les maux pour montrer qu'on n'hésitait pas à venir travailler malade.

On courait chercher son café et le ramenait à son bureau pour faire croire qu'on ne prenait même pas une pause, tant la tâche était lourde. Pourtant, les gens vraiment débordés ne pensaient même pas à en prendre.

On organisait un certain désordre sur sa table –ni trop, ni pas assez - pour simuler l'importance de la quantité de travail abattu.

On insistait gentiment sur le peu d'importance d'une erreur, et on se permettait ensuite des mouvements de colère, à peine revenu à sa place, en pestant contre tout le temps inutilement perdu à chercher, un temps qui pouvait parfois être évalué à quelques minutes. Le temps paraissait sans doute plus long, quand on cherchait. Enfin ! Quand on cherchait une erreur, parce que, chercher une place de train sur internet pouvait prendre beaucoup plus longtemps ! On ne voyait pas le temps passer.

On se perdait en conjectures lors de problèmes qui n'en étaient pas vraiment, mais on laissait de côté ceux qui en étaient, parce qu'il fallait, alors, s'engager.

Il était pourtant plus agréable de travailler dans une véritable bonne ambiance, il suffisait de s'en donner les moyens. Il était normal que de vraies amitiés se nouent. Il était humain d'avoir besoin d'une pause, humain de faire des erreurs. Il n'était pas toujours facile de prendre des responsabilités ou des initiatives, mais le travail devenait beaucoup plus intéressant et l'ambiance plus conviviale.

« Qu'est-ce que je fais ici ? » pensait Framboise. « Pourquoi encore ce cinéma ? »

Car enfin, elle avait bien quelque chose à comprendre ! Elle avait l'impression d'avoir été posée au milieu d'une scène de théâtre, comme un cheveu sur la soupe. Elle s'était trompée de spectacle. Mais ce spectacle n'était qu'une reproduction de ce qu'elle avait vécu maintes fois, de ce que vivaient les autres si souvent.

Des amis lui racontaient la même chose, les voisins aussi parfois. Framboise prenait les transports en commun pour rentrer chez elle. Le trajet était long, avec plusieurs changements de ligne. Elle avait tout le temps d'entendre les conversations de voyageurs confrontés aux mêmes problèmes.

Était-ce la nouvelle façon de vivre au travail ?

Elle constatait l'agacement de certains qui faisaient une partie du trajet ensemble. Ils se défoulaient avant de rentrer chez eux.

Il y avait ceux qui continuaient à jouer leur rôle, parce qu'ils étaient obligés de devenir le compagnon de retour de leurs bourreaux.

Certains se précipitaient sur un bouquin ou sur des mots croisés pour ne pas penser. On ne pouvait pas se tromper, car ceux qui lisaient par plaisir n'avaient pas la même façon de saisir leur livre. Ils avaient un sourire entendu, des gestes plus doux.

On côtoyait aussi ceux qui n'avaient pas d'occupation particulière, soit par choix, soit parce qu'ils ne parvenaient pas à se concentrer, et qui, seuls, regardaient au loin, comme abasourdis par tant de sottises, absents aux autres, absents à eux-mêmes.

Il y avait aussi ceux, qui, les yeux embués de larmes qu'ils ne voulaient pas verser, supportaient, mâchoires serrées, en se demandant combien de temps ils tiendraient encore. On repérait tout de suite ceux qui craqueraient et ceux qui se révolteraient, qui partiraient ou seraient bannis.

Framboise pensait à ce commentaire qu'elle avait entendu à la radio : « Les frantoniens n'aiment pas travailler »

S'il existait des journalistes ayant une vue objective de ce qui se passait autour d'eux, d'autres vous étonnaient par leur manque de réalisme, mais peut-être voulaient-ils faire plaisir à des dirigeants prêts à utiliser l'arme de la culpabilisation pour vous tirer vers le bas. Car tous les psychologues, psychiatres, sociologues, médecins du travail, tous disaient et écrivaient la même chose : les frantoniens recherchaient un accomplissement dans leur travail.

Quand on devait mettre un masque et jouer la comédie toute la journée, mais aussi toute l'année, quand on devait déjouer les intrigues, prévoir les mauvais coups, assumer les tâches de ceux qui ne le voulaient pas, passer le dernier pour les avantages, être toujours le premier pour les réprimandes, quand il était nécessaire d'être sur ses gardes sans interruption, peut-être était-il normal que les vacances et la retraite deviennent les seules ambitions.

On se levait toujours du bon pied quand on profitait d'une bonne ambiance, même quand le travail n'était pas intéressant.

Il était moins difficile de travailler quand on savait qu'on était reconnu, qu'il n'y avait aucune tension, que la solidarité régnait.

Tout ne pouvait pas être parfait, bien sûr, mais il y avait un minimum qu'on n'atteignait pas dans beaucoup d'entreprises désormais.

Comment avoir envie de travailler quand on savait qu'on doublerait votre tâche sans rien vous donner en échange, et qu'on récompenserait les indifférents, les égoïstes, les paresseux, les bourreaux, les simulateurs, les séducteurs et ceux qui jouissaient d'une protection.

Non seulement les frantoniens n'aimaient pas le travail, en tous les cas, sous la forme qu'il prenait de plus en plus, mais cela deviendrait vite handicapant pour les entreprises et pour le pays même.

Réalisait-on qu'on ne pouvait pas demander éternellement aux opprimés de le rester, que les gens honnêtes suivraient l'exemple de ceux qui l'étaient moins et qui obtenaient plus qu'eux, que les gens travailleurs étaient qualifiés d'imbéciles et finiraient par changer de camp. On avançait allègrement vers une léthargie collective qui nous paralyserait bientôt.

Le pire était encore à venir, car on voyait le phénomène s'étendre aux écoles.
Si l'école avait toujours été un modèle réduit de la société, celle qu'elle nous montrait pouvait faire peur.
Les élèves du primaire apprenaient à compter déguisées en poupées Barbie, il devenait impossible d'apprendre à lire en basket premier prix, Il fallait avoir un petit copain ou

une petite copine dès la sixième. Tout ceci était indispensable pour être « normal » Si les « marques » avaient toujours été prisées à l'adolescence, elles étaient devenues obligatoires dès la maternelle. Il fallait paraître adulte avant l'âge, ressembler aux stars, imiter les personnages de séries télévisées, surtout les plus bêtes, avec le consentement des parents qui avaient désormais un rang à tenir, le rang de celui qui possédait, qui était comme les autres. Les intrigues et les manigances existaient dès le collège. C'était « Dallas » en direct, tous les jours, à l'école et au travail.

La crise d'adolescence avait un autre look. On était passé du rejet du modèle parental, au mépris déclaré, parfois avec violence.

Le malaise grandissait chez les enfants comme chez les « ados ». Certains étaient à l'aise dans le « tout avoir », d'autres ne s'en satisfaisaient pas. Ils auraient voulu autre chose, mais leur seule alternative résidait dans la consommation, du moins le croyaient-ils. Ceux qui avaient les moyens se révoltaient puis entraient docilement dans le moule. Ceux qui n'avaient rien, gardaient, au fond d'eux, une haine qui se nourrissait d'elle-même.

Certains se complaisaient dans la délinquance, d'abord pour posséder, ensuite pour imposer sa différence, les deux motifs étant un moyen d'exister.

D'autres cherchaient dans la religion ce qui leur faisait défaut. Ils n'avaient pas tort tant qu'ils la concevaient comme un moyen de se trouver eux-mêmes. Mais beaucoup se perdaient dans les extrémismes, dans les superstitions. Ils se vouaient à Dieu comme on se cramponnerait à une bouée de sauvetage, avec de la foi aveugle dans les yeux, mais de la peur et du désespoir dans le cœur. Si la vie qui leur était proposée n'était pas idéale, ce dans quoi ils tombaient était encore pire. Ils trouvaient pourtant dans la communauté une solidarité et un engagement qu'on leur refusait ailleurs. Ils étaient en danger dès que l'engagement pour la cause ne s'exerçait que par un guide qui n'en était pas vraiment, et qui en profitait pour asservir ses victimes. Un vrai maître vous laissait la liberté et vous apprenait même à vous en servir judicieusement.

Ils en venaient à imposer leurs préceptes par la force, comme d'autres religions avaient, il y a des centaines d'années, converti en violence, mais ils n'étaient, comme dans ces années-là, que des pions téléguidés par des « puissants » aux intérêts économiques certains.

Notre jeunesse avait trop entendu dire « oui » pour ne pas dire « non ». Elle avait trop vu courber l'échine pour ne pas vouloir se redresser.

Notre jeunesse en avait assez de ne constituer qu'un marché, un ensemble statistique, un potentiel de consommation, un filon à exploiter. Elle en avait assez, mais elle ne savait pas exactement de quoi !

Depuis le berceau on la persuadait que vivre, c'était acheter, que la valeur d'un individu ne pouvait être calculée qu'en fonction de celle des vêtements qu'il portait, de la console de jeux qu'il pouvait s'offrir. L'enfant venant de naître ouvrait les yeux sur les brillants et les paillettes de Dame Publicité qui s'était penchée sur son petit lit, armée de bons de réductions, culpabilisant les parents qui ne donneraient pas le meilleur à ce petit être, qui déjà « le valait bien ».

Il était normal de vouloir offrir à ses enfants tout ce qu'il y avait de mieux, mais il était dangereux de les rendre esclaves de ce meilleur qui n'en était pas toujours.
Notre jeunesse tombait alors dans l'excès, persuadée, sans doute à raison, que l'affaire était perdue d'avance. Elle zappait d'un refus à l'autre, d'un conflit à l'autre, d'une émission à l'autre.

Notre jeunesse héritait de notre « mal d'exister ». Nous cherchions, comme eux, comment vivre autrement. Nous changions certaines choses, ou nous possédions davantage pour combler un vide. Mais savions-nous ce qu'était : exister ?

Framboise regardait ses collègues cachés derrière leurs masques.

Certains, c'était sûr, croyaient connaître la réponse, ils pensaient l'avoir trouvé en enfilant le costume des « gens biens ».

Pour la plupart, ce n'était qu'un déguisement grotesque qui dissimulait la souffrance, une souffrance qu'ils fuyaient, mais qui les rattraperait un jour ou l'autre.

Pour d'autres ce n'était pas une vraie fuite, mais une façon de se protéger. Framboise pouvait se classer dans cette catégorie. Elle aussi, parfois, jouait une comédie. Elle s'efforçait de rester vigilante, car elle voyait trop de gens s'enfermer, se construire des remparts et souffrir davantage encore.

Chaque fois qu'elle était dans cette situation, elle se répétait qu'en sorte, elle déposait un nappage sur son cœur douloureux. Il le cachait aux yeux des autres, mais le gardait intact à l'intérieur.

Elle termina son contrat et salua tout le personnel en les invitant à une prochaine fois. Elle avait beaucoup à apprendre de ces lieux, mais peut-être avait-elle beaucoup à donner

Fondue de cœur de Framboise.

Framboise avait donc fait ses adieux et avait pris son train pour rentrer chez elle.
Elle avait passé la porte de son appartement avec plaisir et comme d'habitude avait ôté ses chaussures en pensant qu'elle déposait là sa journée de travail.
La douce intimité du foyer, le silence retrouvé, encourageaient ses réflexions. Elle les laissait venir, s'installer, puis les bousculait par des arguments contraires.

Framboise essayait de se poser les bonnes questions, d'éliminer les choses inutiles.

Il était accessoire, par exemple, de réfléchir aux manifestations de l'apparence. Elle était désormais partout, prenant toute la place, sous une forme ou une autre. Il fallait en chercher la cause.

Le poids de l'apparence avait toujours été important, mais aujourd'hui, on se jouait de nous, on nous manipulait.

Tout venait de nos peurs qu'on entretenait, qu'on organisait. Peur de mal faire, peur de ne pas être à la hauteur, peur de perdre son emploi, peur de ne pas boucler ses fins de mois, peur de ne pas pouvoir s'offrir ce que possédaient les autres, peur de la vieillesse, peur de la maladie, peur de la mort, peur de l'imprévu, peur de la violence, peur de la jeunesse même.

C'était en distillant la peur que des pays avancés étaient devenus totalitaires.

C'était parce que la peur s'insinuait dans nos vies quotidiennes, que chacun se conformait sagement, consciencieusement, à la norme, que tous cherchaient si désespérément la sécurité.

C'était ainsi qu'on se construisait des barrières, qui devenaient des murailles parfois. Bien sûr, on y ménageait des portes, mais munies d'énormes verrous

Une de ces portes pouvait être la pratique d'un art, mais il devenait difficile de le partager sans les supports de la commercialisation. Une autre se révélait dans l'adhésion à une association, mais elle pouvait être aussi l'occasion de se servir soi-même. Une autre encore se dévoilait dans la conversion à une religion, mais ne cachait-elle pas notre peur du néant. Une religion, une association ou l'art devait permettre l'ouverture vers l'infini par le don de soi. Chaque pratique, chaque action n'étaient qu'un moyen, non un but. Ces peurs nous amenaient à tout accepter docilement. C'est ainsi qu'on finissait par se mépriser, par perdre l'estime de soi.

Peut-être pouvait-on devenir méchant pour se venger des autres, pour se venger de soi. On frappait les autres pour ne pas se battre soi-même. Il fallait des coupables et ce ne pouvait être qu'eux. C'était à cause d'eux que l'on changeait, c'était suivre les autres ou périr.

C'était ce que nous voulions croire, car nous étions toujours responsables, au moins en partie. Nous pouvions toujours dire non, même si cela n'était pas facile. On entendait souvent : « je n'ai pas le choix », mais on avait toujours le choix.

Nos peurs nous menaient à l'égocentrisme qui nous isolait dans la multitude, qui nous rendait indifférents, et qui nous faisait chasser nos scrupules par un « parce ce que je le vaux bien » relégué par la publicité qui, cette fois-ci, nous déculpabilisait pour mieux nous encourager à consommer.

Nos peurs nous plongeaient dans la victimisation quand nous n'arrivions pas à nous imposer en tant que possédants. Les événements malheureux de nos vies devenaient les circonstances atténuantes de nos « échecs », celui qui échouait étant, bien sûr, celui qui ne pouvait pas acheter. On devenait même victime à l'avance, pour déjouer les éventuelles « chutes ».

C'était alors que s'enclenchait le cercle vicieux. Plus on « avait » et plus on voulait « avoir ». Mais on ne pouvait quand même pas tout se payer. On devenait, à ce moment-là, victime d'autre chose. Ceux qui « avaient », et ne connaissaient aucun problème étaient bien obligés de s'en inventer pour être comme tout le monde. Plus les gens possédaient, plus on les entendait se plaindre.

C'était ainsi que c'était l'horreur quand on avait du mal à se lever le matin, comme si les réveils n'étaient pas en vente libre.

Une collègue venait de perdre un enfant, l'autre la comprenait parce qu'elle venait de perdre son chien.

Le voisin du dessus avait eu un grave accident, celui du dessous savait ce qu'il vivait, il était tombé de vélo et s'était égratigné le genou.

Celle-ci ne pouvait attendre son tour à La Poste parce que, « elle », elle travaillait, comme si les autres jouaient aux fléchettes.

Vous aviez de la chance de ne pas avoir de voiture qui mangeait une grosse partie du budget, comme si ceux qui en possédaient une ne pouvaient pas la vendre.

Celle-ci avait perdu son mari, elle avait de la chance, elle n'avait pas l'obligation de préparer le repas, comme si, le mariage était un contrat attachant l'épouse à son fourneau.

Des enfants mouraient de faim à l'autre bout du monde, mais, après tout, ils avaient l'habitude.

Framboise avait même entendu qu'elle avait de la chance d'avoir eu des problèmes, car c'était grâce à cela qu'elle pouvait s'adapter à tout.

Le pire était que tout cela n'était pas tout à fait faux ! Mais quand même, il fallait un peu de décence, …ou moins d'égocentrisme.

Ainsi, chacun était victime de quelque chose. On entrait aussi en compétition dans la victimisation.
Il était pourtant vrai que nous étions tous victimes, mais de nous-mêmes

Nous transmettions nos peurs à nos enfants. Nous les éduquions en ne leur donnant aucune alternative. C'était se fondre dans ce monde ou disparaître. Il fallait avoir le plus de diplômes possible, le plus d'argent possible. Il fallait exercer un métier « côté », surtout pas une profession manuelle.

Oh ! Évidemment ! Framboise n'avait pas toujours été exemplaire dans ce domaine. Elle avait surtout, trop souvent joué les « Don Quichotte », en vain, et se disait qu'elle ferait mieux de se rendormir. Pourtant, elle aimait trop sa liberté pour dire « oui » à tout.

    Framboise se sentait fondre.

    Elle aurait voulu verser de l'espoir dans ces cœurs meurtris, mais surtout leur donner la confiance qui leur manquait.

Elle aurait voulu leur crier : « n'oubliez pas que vous n'êtes que de passage et que vous partirez sans votre voiture et votre télévision. Elles dureront peut-être plus que vous, mais leur fin est inéluctable, comme la nôtre ».
Il était agréable de disposer de tous ces biens. Il ne s'agissait pas de les refuser. Nous étions en danger lorsque nous nous attachions à eux. La plupart du temps nous y tenions comme à nos vies. D'ailleurs, ces biens représentaient nos vies. Ils devenaient le miroir qui nous reflétait aux yeux des autres.
Elle aurait voulu les réveiller pour que l'impermanence ne soit pas qu'un mot, pour qu'ils l'intègrent dans leur vie quotidienne.

Framboise aussi, avait parfois envie de laisser faire, mais elle se reprenait en pensant à tous ces enfants qui naissaient.

« Et si nous faisions, à nos enfants, l'amitié de leur laisser un monde Humain avec un grand H ! » pensait Framboise. Si nous leur faisions confiance ! Si nous les aidions à trouver l'équilibre ! Il suffisait de rester nous-mêmes, de jeter le masque tant qu'il en était encore temps.

Alors Framboise qui prenait régulièrement la résolution de changer, elle qui avait décidé de devenir un mouton, se rendit compte qu'on ne changeait jamais vraiment. Elle comprit qu'elle n'y parviendrait qu'en échange de plus de douleurs encore.

Tout ce qu'elle vivait avait toujours existé, mais le monde continuait à évoluer parce que certains résistaient.

Ce monde allait si vite que l'ombre prenait l'avantage. Les forces inverses rattraperaient le retard, elle en était persuadée.

Pour sa fille, pour ses petits enfants à naître, pour tous les enfants qui naissaient et qui naîtraient encore, Framboise serait une « résistante ».

Elle en mourrait peut-être !

Mais … les armes à la main.

Et vous ?

Confiture de framboises au chocolat

***

<u>Ingrédients</u> pour 4 à 5 pots :

1 kg de Framboise, 600 gr de sucre, 100 à 120 gr de chocolat 85 % (selon le goût).

Écraser les trois quarts des fruits.

Mélanger les framboises (entières et écrasées) avec le sucre dans une casserole ou une bassine à confiture. Commencer la cuisson sur feu doux en remuant pour laisser fondre le sucre et les fruits. Élever la température et amener à ébullition.

Maintenir une ébullition douce pendant 7 à 8 minutes.

Ajouter le chocolat coupé en petits morceaux.

Mélanger soigneusement et laisser cuire encore 1 à 2 minutes.

Verser dans les pots à confiture.

<u>Astuce</u> : en hiver, utilisez des framboises congelées. Il suffira alors de mélanger le fruit encore congelé et le sucre.

Livres, enquêtes et documents vidéo

- « Le poids des apparences. Beauté, amour et gloire » ***Jean François Amadieu***
- « Magie blanche » ***Gian Dauli***
- « Diplômable ou employable » ***Alix de La Tour du Pin***
- Article : L'obèse : l'incroyable discriminé. ***Pulpeclub.com, Jean François Amadieu***
- Dossier : Gare au look. Une bonne apparence à tout prix. ***Journal du net management.***
- Article : « Le look de l'emploi » ***Anpe.fr***
- « J'ai (très) mal au travail » Documentaire réalisé par **Jean-Michel Carré**

Cœur de Framboise à la frantonienne

Table des matières

Avant propos   page   11

Prémices de cœur de Framboise   page   13

Cœur de Framboise au naturel   page   17

Cœur de Framboise « bonne poire »   page   27

Cœur de Framboise à l'étouffée   page   41

Cœur de Framboise à la paysanne   page   57

Cœur de Framboise en cocotte   page   69

Marmelade de cœur de Framboise   page   97

Nappage de cœur de Framboise   page   113

Fondue de cœur de Framboise   page   129

Conclusion   page   135

Confiture de framboises au chocolat   page   137
(recette)

Bibliographie   page   139

Cœur de Framboise à la frantonienne